妳這猴子還真吵呢。我也不願意呀。

唉～為什麼得跟妳這種陰沉女一起工作？

聲優廣播的幕前幕後

#01 夕陽與夜澄掩飾不了？

二月 公　插畫／さばみぞれ

哇——！
妳連這種事也不知道嗎？
佐藤由美子
絕對不會忘記化妝與假睫毛。雖然講話難聽，卻是個重視義氣人情的道地辣妹。

SCENE #01 錄製一結束就吵翻天!?

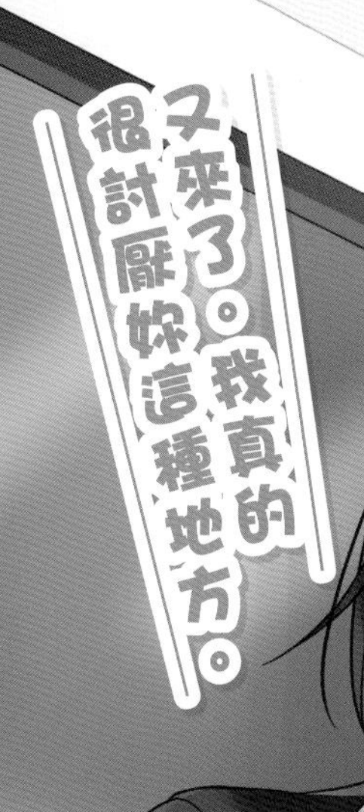

渡邊千佳

在學校不跟任何人交談，
偶爾開口就超毒舌。長長的
瀏海下露出過於銳利的
眼神，充滿攻擊性的
陰沉角色。

SCENE #02
會打造成最棒的演唱會……兩人一起！
各位——！
要開始嘍——！
夕暮夕陽
通稱「夕姬」，身為文靜可愛的正統派偶像聲優，是個支持度正在上升中的實力派。但她有時也對偶像聲優的工作感到疑惑……

我們高中生搭檔！
會炒熱現場氣氛喔！
歌種夜澄
今年邁入第三年的
（勉強算是）新人聲優，
以活潑可愛的形象為賣點。
但最近試鏡一直落選，
讓她感到有些
著急。

門打開了。是浴室的門。
由美子發出愣住的聲音。
因為一絲不掛的千佳就站在那裡——
「哎呀真神奇。明明看不見佐藤的身影，卻只聽得見聲音呢。」
「欠扁喔。要兩個人一起進浴缸的話，一般會面對面才對吧。」
「但這樣子很舒適呢。」
「重量都是我在扛耶？」
「嗯呀！妳……妳竟然戳我側腹。真下流。」
「在別人洗澡時闖進來的人才更加下流吧。」

SCENE #03
怎麼會變成這樣呀……？
一起過夜時的洗澡衝擊！

與其說是工作，更像是下課時間呢！
跟我們在教室閒聊時沒太大差別呢～
夕陽與夜澄的高中生廣播！
YUHI to YASUMI no KOUKOUSEI RADIO!

聲優廣播的幕前幕後

#01 夕陽與夜澄掩飾不了？

二月 公 插畫／さばみぞれ

Kadokawa Fantastic Novels

On Air List

『聲優』廣播的幕前幕後

NOW ON AIR!!

「夕陽與！」

「夜澄的！」

「「高中生廣播！」」

「大家早安～我是夕暮夕陽。」

「大家早安，我是歌種夜澄！」

「這個節目是由碰巧就讀同一間高中，又剛好同班的我們兩人，將教室的氛圍傳遞給各位聽眾的廣播節目！」

「對——小夕最近也很習慣講這套開場白了呢！」

「才沒那回事喔。我每次都差點咬到舌頭呢～小夜

呢？已經習慣這個節目了嗎～？」

「哎呀，一點都不習慣呢！一直擺脫不了一種不可思議的感覺，真傷腦筋！很難習慣呢——！」

「就是說呀。跟同班同學一起主持廣播節目，感覺很奇怪呢～」

「沒辦法進入工作模式呢！」

「……啊，不跟第一次收聽的人說明也沒關係嗎？

他們知道怎麼回事嗎？」

「嗯，也對！可能會有人認為『是真的嗎？』所以還是姑且說明一下吧？」

「畢竟我們也常在聽眾來信中被問到這件事呢～（笑）」

「也能理解他們難以置信的心情呢！（笑）」

「那麼，重新介紹一下～我跟小夜就讀同一間高中，而且同班喔。」

「沒錯！兩個聲優碰巧同班！這簡直是奇蹟吧？」

「是奇蹟呢。感覺小夜就像是我命中注定的對象一樣（笑）。」

「是命中注定呢！（笑）」

「而且我們彼此都不曉得對方是聲優，所以第一次聽說這件事時，真的嚇了一跳呢。搞不好是我人生中最驚訝的一刻～」

「真的嚇了一跳！我心想『咦，小夕也是聲優？』世界真的太小啦～！」

「於是像這樣兩人一起錄音，現在也是感覺非常不可思議呢。」

「與其說是工作，更像是下課時間呢！」

「跟我們在教室閒聊時沒太大差別呢～」

「所以我想應該能把教室的氛圍傳遞給聽眾！大致上都是這種感覺！」

「就是這種感覺～啊，不妙喔，小夜！我們又聊過頭啦。」

「唔喔！這是我們的壞習慣呢！因為太開心，一不小心就會聊過頭！」

「總是會忘記自己正在工作呢（笑）。那麼，今天也請多多指教～」

「請多多指教！」

to be continued……

「……唉──我根本沒辦法習慣跟妳主持廣播節目呢。」

「……是呀。我也這麼覺得。根本沒辦法習慣。」

「再說啊，陰沉的渡邊跟夕暮夕陽的角色實在相差太大了啦。真虧妳好意思講什麼『沒那回事喔』。每次聽到妳那種輕飄飄的講話方式，就讓我起雞皮疙瘩耶。」

「這點是彼此彼此吧。為什麼像佐藤這樣感覺智商很低的辣妹，會發出歌種夜澄那種活潑又可愛的聲音啊？感覺有點恐怖耶。」

「啥？要這麼說的話……嗯？唉──嘿──？哦──？」

「……怎樣啦，幹嘛發出那種噁心的聲音？」

「妳說像我這樣的辣妹發出歌種夜澄那種活潑又可愛的聲音很恐怖？」

「我是那個意思啊，怎樣？」

「我的聲音活潑又可愛？」

「──我沒那麼說。我絕對沒說那種話。啊，我是說妳在裝可愛，但妳沒聽見嗎？如果想解釋成我是在稱讚妳，就隨妳高興吧。」

「這傢伙……明明在一開始的開場白吃螺絲而重錄了，卻表現得挺歡騰的嘛。」

「唔，妳這種地方真的應該適可而止耶。在別人失誤之後說什麼『妳也很習慣講這套開場白了呢』，真虧妳講得出這麼惡劣的嘲諷呢。明明平常是妳一堆失誤。」

「我的事情現在扯不上關係吧，是在講渡邊啊。還有我平常也沒那麼多失誤好嗎？在推託給別人之前，妳先好好反省一下如何？」

「又來了。我真的很討厭妳這種地方。自己出錯就當作沒那回事，卻愛針對別人的失誤碎碎念。真是夠了，為什麼我會跟妳這種野蠻人一起主持廣播節目呢？」

「那是我要說的臺詞吧。竟然要跟完全展露陰沉本性的女人一起主持廣播節目，給我的考驗也太困難了吧。再說啊……！」

「……妳們兩位，抱歉在妳們聊得正開心時打擾。但要再次開始錄音嘍。呃——三、二、一。」

「好的！事情就是這樣～這次有新單元～小夜，請向聽眾說明！」

「好——！交給我！我看看喔，這次我們要挑戰的！居然是……！」

人類無論如何都會有合不來的對象。

不投緣。看不順眼。水火不容。光是看到就不爽。

倘若是私人時間，只要不靠近對方就行了。但既然是工作便不可能那樣。

彼此還是同個廣播節目的主持人的話就更不用說了。

就算是合不來的對象，也不能讓聽眾察覺到這一點。

假如要跟契合度這麼差的對象一起主持廣播節目。

究竟能忍受到什麼地步呢——

聲優廣播的幕前幕後

佐藤由美子是個辣妹。

「嗯——……很好。」

確認妝化好之後，她啪一聲地蓋上隨身化妝鏡。

今天也非常完美——她點了點頭。

用電棒燙的頭髮蓬鬆地捲起，長度大約到背後。臉上穩穩地化好了妝，假睫毛是重視長度的筆直型。銀色裝飾在耳垂上閃爍光芒。

上衣的鈕釦解開兩個，露出心型項鍊。

穿上焦糖色的開襟羊毛衫，裙子的長度挑戰最短的極限。

這就是由美子在學校度過時的裝扮，過著愉快校園生活的高二生。

在教室總是和某人在聊天，開朗地笑著。

「嗳——由美子，這星期的六日要不要找個地方玩？」

「嗯？若菜，妳不用打工嗎？」

「對呀——很閒呢——嗳，如何？可以去看衣服什麼呀——一起去玩嘛。」

現在也是這樣。同班同學的川岸若菜正從前方座位向由美子搭話。若菜嘿嘿地露出毫無緊張感的笑容，讓由美子也跟著面露微笑。

她非常歡迎別人邀她一起去玩。不過……

「……啊——抱歉，我可能要去店裡幫忙。」

「啊，對喔。妳媽媽開的小酒吧現在也還是人手不足嗎？」

「沒錯沒錯。有時也會到了當天才突然叫我去幫忙呢。」

「真辛苦呢。嗯——那麼，如果妳星期六有空再一起去吧。」

若菜露出微笑，溫和地這麼說道。由美子的良心刺痛了一下。

剛才那番話一半是實話，一半是謊言。

可能會突然無法去玩——這句話是真的。但並不是因為要到店裡幫忙。

由美子從事一份對好友若菜也保密的工作。

那是無論前一天或當天，行程都會排滿滿的工作。

「咦——什麼什麼，要上哪玩嗎？」

「六日？要出門玩的話，帶我一起去嘛——」

同班同學聚集到周圍。

由美子悄悄吐了口氣，讓嘆息混入少女們的聲音裡。

「嗯？由美子，妳已經要回去了嗎？」

「啊，嗯，我有點事情要辦。明天再見嘍。」

向若菜道別後，由美子離開學校。

她哼著歌前往車站，就那樣跳上電車。

今天有工作。

所以她才像這樣幹勁十足。不過……

「……看來是太早到達了啊。」

她看了看時鐘，如此心想。雖然被苦口婆心地叮嚀新人要提早到現場，但實在是太早到了，距離預定的時間還有兩個小時以上。由美子無可奈何，只好到家庭式餐廳打發時間。

她坐在餐桌席並點了飲料吧，倒了杯奶茶喘口氣。

「……很好。」

補妝完畢之後，她拿出手機。

她將一直插在手機上的耳機戴上耳朵，迅速地進行操作。發現沒多久前有人上傳了一部新影片，播放次數和留言數已經變成很驚人的數字。

「喔——……果然厲害。」

她發出感嘆的聲音，點下播放鍵。

「櫻並木乙女的簡直就像在賞花一樣」。

是熱門女性聲優的廣播影片節目。

櫻並木乙女，二十一歲，隸屬於聲優經紀公司Trinity。是個擁有搶眼容貌與迷人聲帶，且具備紮實演技力的女性聲優。

節目進行當中，留言不斷地閃過影片上，可以看出氣氛非常熱烈。

平常是由乙女獨自展開話題。不過這一回不同以往。

她大大地張開雙手，開朗地這麼說了：

『那麼，向大家介紹今天的來賓！歌種夜澄美眉，請進！』

『啊，大家晚安！我……我是歌種夜澄！』

來到乙女旁邊的，是個看起來就像新人的女性聲優。

清澈的大眼睛忐忑不安地轉動，看似柔嫩的臉頰有些僵硬。長及背部的柔順秀髮從剛才開始就忙碌地被撫摸著。

「……嗯呼。」

由美子不禁揚起嘴角，連忙用手遮掩住嘴邊。因為歌種夜澄一登場，就開始冒出了「好可愛」、「來了個可愛的女孩」、「她超級緊張的，好可愛」這樣的留言。

不過，接著出現眾多「誰啊？」的留言，讓她沮喪地垂下肩膀。

「唔……不，算了。說得也是呢……」

這也沒辦法——儘管她這麼勉強說服自己，依舊不禁發出嘆息。

遲了一些後，也出現「膠女的萬壽菊」、「萬壽菊美眉」、「是配膠女的啊」這些特定出夜澄的留言。

沒錯沒錯，是在塑膠女孩中扮演萬壽菊的歌種夜澄喔。由美子在內心這麼低喃……雖然沒有出現那以外的角色名字，讓她有些悲傷就是了。

「唔唔——……真想要知名度……」

她趴在桌上，小聲地呻吟。心型項鍊撞上桌子，發出叩咚的聲響。她慢吞吞地卸下項鍊，收到零件盒裡。

取而代之地，她從包包裡拿出附帶書套的書本。

「喵喵社！」

這是在深夜播出的短篇動畫劇本。她翻開劇本，只見演出者那欄上寫著「喵唔喵唔：歌種夜澄飾」。

歌種夜澄的臺詞都用螢光筆標記出來。

沒錯，佐藤由美子是個聲優。

藝名為歌種夜澄。隸屬於演藝經紀公司巧克力布朗尼。出道作品是「塑膠女孩」的萬壽菊。演藝經歷邁入第三年——仍算是個新人聲優。

今天有「喵喵社！」的後製錄音工作。

因為是久違的動畫，由美子卯足了幹勁，但她很快就記住了偏少的臺詞。她在電車裡也看了劇本，在家裡也練習了好幾遍，事到如今已沒什麼好複習的地方。

話雖如此，卻也沒有其他作品的工作。

「要是試鏡有上就好了……」

她一直重複著參加各種試鏡，然後落選的循環。雖然「喵喵社！」是好不容易獲得的工作，但戲分就只有這樣，沒有下一次了。

「……結果還是只能繼續加油吧。」

即使在這邊呻吟，工作也不會變多。由美子噘起嘴唇，將視線拉回手機上。

影片正播放到慰勞用的點心被送上來的地方。

『哇啊——！這餅乾真好吃呢！好幸福～……』

螢幕裡的夜澄吃著點心，臉上綻放笑容。

對於不停擺動雙手，開朗地笑著，盡全力表現出感情的夜澄，螢幕上接連冒出「好可愛」的留言。

……太棒了，好高興。

然而另一方面，她也覺得這樣欺騙大家實在很過意不去。

歌種夜澄是佐藤由美子作為偶像聲優的形象。倘若是平常，她絕對不會說什麼「好幸福～……」這種話，也不會做那種可愛的舉動。她是為了工作在扮演可愛的女孩子。

歌種夜澄與佐藤由美子是完全相反的人物。

她有自覺這樣是在欺騙大眾，也抱持罪惡感，但這也是無可奈何的。辣妹形象的新人聲優不會受歡迎，現在的自己被要求的，一定是青澀的天真和清純感。

不過，即使偽裝自己扮演另一個角色，歌種夜澄的知名度也沒多高。

之所以能上這個廣播當來賓，也是因為她是和乙女感情很好的後進聲優。

在節目邁向尾聲時，可以看到「我要替這女孩加油」、「我要成為夜澄美眉的粉絲」、「來跟隨她的推特帳號吧」這樣的留言出現。她對乙女實在是怎樣也感謝不完。

「姊姊——謝謝妳——」

由美子對螢幕裡的她雙手合十。好——然後她這麼說道，站了起來。

來努力錄音吧。

離開錄音室後，由美子抬頭仰望天空，只見已經完全變成晚上了。

春天的晚風有些涼颼颼的，她無意識地摩擦手臂。

「嘿唷。」

她拿出零件盒，重新戴上之前卸下的項鍊。

在錄音時她不會配戴會發出聲響的東西，因為要是麥克風接收到雜音，就得重新錄音。

她現在也很習慣一聲不響地翻閱劇本了。

雖然弄到這麼晚，但錄音並沒有花費太多時間。

音效指導的說明。

先跑一遍流程的錄音測試。

進行細節調整之後的正式錄音。

將失誤的地方，以及與演出意圖不同的部分仔細地重新錄音。

即使做了這麼多作業，閒聊仍占據了較長的時間。真想演出更多戲分呢。

「算了……人生就是這樣吧……嗯？」

由美子的目光停留在從車站那邊走過來的一個女孩身上。

女孩穿著跟由美子相同的高中制服。

在辦公大樓林立的街道上，一身制服打扮的只有自己跟她而已。

當擦肩而過時，她的視線被吸引過去。

但女孩的雙眼並未捕捉到由美子的身影，就那樣走掉了，沿著由美子過來時的路途前進。

由美子不禁停下腳步，轉頭看去。

「那女孩在這種地方做什麼呀？」

她不曉得女孩穿著學生服獨自在夜晚的辦公商圈漫步的理由。呃，雖然這句話也可以套用到自己身上啦。

……算啦。由美子再次邁出步伐，前往車站。

——沒錯。在這個時候，她完全沒有注意到。

沒注意到那女孩就某種意義來說，是她命中注定的對象。

早上的通學。由美子將手插入開襟羊毛衫的口袋裡，悠哉地走著。

確認紅綠燈轉紅之後，她拿出手機。

「信箱……沒有新信件呢……」

沒有收到關於工作的聯絡，她自然地發出了嘆息。

倘若試鏡合格，經紀公司會傳訊息通知，因此她忍不住確認手機好幾次。但這陣子都沒有被選上。

「唉——……上次試鏡我還挺有自信的說。」

她空虛地低喃。因為紅綠燈轉綠了，她邁出步伐。就在那一瞬間——

「呀嗚！」

突然有人從背後抱住她。她不禁發出奇怪的叫聲。

「早安唷——」傳來一個這麼說道的悠哉聲音。由美子的身體放鬆下來。

「……早。若菜，妳一早就很有精神呢。」

由美子這麼回應。若菜嘿嘿地笑了。

川岸若菜。由美子跟她是上高中後才認識的朋友，卻莫名地意氣相投。

若菜的裙子和由美子一樣短，臉上也化了完整的妝。修剪整齊的長髮今天同樣美麗動人。

她手上拿著星巴克的杯子。咕嚕地喝了一口飲料後，她探頭看向由美子。

「怎麼啦，由美子？妳今天好像沒什麼精神呢。」

由美子嚇了一跳。她以為自己沒有表現在臉上，但若菜似乎看透了她的內心。

好想請若菜聽自己說。好想跟若菜商量。只要講出口，一定能輕鬆許多。

「嗯，有一點事啦。」

儘管內心這麼想，由美子卻仍敷衍了過去。

是哦？若菜只是這麼說道，並未深入追問。

相對地，她露出開朗的表情，勾起由美子的手臂，將杯子遞到由美子嘴邊。

「好啦好啦，那妳就喝喝這個吧。」

一打開蓋子，便能看見淋著焦糖醬的奶油，底下則是熱拿鐵咖啡。

由美子不客氣地將咖啡含入口中。輕柔的甜味在嘴裡融化，讓她有種幸福的感覺。

「嗯，好喝。謝啦，若菜。」

「不會不會。畢竟這種時候來點甜食是最棒的嘛。」

若菜嘻嘻哈哈地笑著。由美子一邊以笑容回應她，同時在內心道歉。

自己是聲優這件事只有告訴家人和學校，經紀人交代「絕對不可以說出去」。為了獲得

進行演藝活動的許可，需要告知學校，但有再三叮嚀請校方保密。不能讓周遭的人發現這件事。

只不過——

「嗯？怎麼啦。」

注意到由美子的視線，若菜歪了歪頭，露出疑惑的表情。

就算將自己的隱情都說出來，如果是她，一定會幫忙保密。

但那樣會變輕鬆的只有自己。

會將多餘的負擔強加在若菜身上，這並非由美子所期望的。

由美子輕輕揮了揮手，緩緩回答：

「沒什麼。我只是在想若菜今天也很可愛呢。」

「咦，真的？哎呀，我也在想同樣的事情。」

看到哈哈大笑的若菜，由美子也跟著綻放笑容。

由美子進入教室，坐到自己的座位上。前面座位的若菜將椅子轉了一圈。

她將手肘放在由美子的桌上，用認真的聲色說道：

「下次的服裝檢查……我打算用現在這副裝扮上場，由美子覺得如何？」

「我覺得絕對會被阻止，而且肯定會挨上一頓罵。畢竟阿中老師的檢查標準很嚴格。」

「……裙子也不能折起來?」

「要膝下才行吧。臉部也完全不能化妝喔。」

「討厭，眉毛!至少讓我畫個眉毛吧!」

兩人有說有笑地聊著天，一旦有其他學生經過便互相打個招呼。雖然才剛升上二年級，但已經完全習慣這個班級了。

這時，一個男學生經過。

他沒有開口打招呼，在若菜旁邊的座位坐了下來。

「嗯?嗳，木村。那女孩是誰?很可愛呢。」

視線看向旁邊的若菜若無其事地這麼說道。

她指著木村的墊板。

突然被搭話的男生——木村嚇了一跳，驚訝不已。

「咦，啊，唔……可……可愛是指……啊，是說這……這個墊板上的女孩……?」

木村驚慌失措，甚至無法與若菜四目相接。

「沒錯沒錯。我很好奇那女孩是誰呢。」

「呃，這個……該……該怎麼說才好呢……」

「嗯——啊，是偶像?」

若菜天真無邪地這麼說道。直到剛才還語無倫次的木村突然停止了動作。

「偶像？」

呼——他從鼻子吐了口氣。

彷彿想說「真沒辦法」一般，他裝模作樣地比手劃腳，熱情激昂地回答：

「偶像……說得也是呢，那樣的一面也占了很大的比例。但她並不侷限於此，既是偶像，也是聲優！沒錯，就是被稱為偶像聲優的存在！要說她什麼地方厲害，就是作為支撐如今足以向全世界誇耀的日本動畫文化的文化人——唔喔，這樣會扯太遠啊。不過這部分還是希望別人不要搞錯，她們是……」

也太不會講話了吧？

看到用異常快的速度滔滔不絕講個不停的木村，由美子在內心「喂喂」地吐槽。被女生問「這女孩好可愛，她是誰？」那樣的回答方式簡直是完全不行的範本。就是這樣才不受歡迎喔。

「咦，啊，嗯，嗯嗯？」

不出所料，若菜露出困惑的表情。另一方面，由美子則沒有多驚訝。

因為她從之前就察覺到木村是御宅族。

她微微瞄向木村的書包，可以看見動畫角色的軟膠吊飾。

那是「塑膠女孩」的「鐵線蕨」。

塑膠女孩，通稱膠女。

它是兩年前播出的深夜動畫，採用大量新人女性聲優。由美子作為偶像聲優的人生就是從演出這部作品開始的。

那部作品有很多活動和特別節目，甚至也辦過演唱會，是由美子非常難以忘懷的作品。

……正因如此，木村的軟膠吊飾不是自己飾演的萬壽菊，而是鐵線蕨這點讓她很不甘心。

「不不我知道妳想說什麼喔把替作品配上聲音的聲優這個職業當成偶像看待其實不太恰當不過希望妳先等一下追根究柢而言被內容束縛這件事本身對這個時代來說就很荒謬而且應該從各種觀點更加深入去了解她們……」

「講得好起勁喔。」

對於仍繼續講個不停的木村，若菜哈哈大笑。她看起來很開心的樣子，真是太好了。

木村經常帶動畫周邊到學校來，其中也有女性聲優的周邊。這次帶的是墊板，碰巧映入了若菜的眼簾吧。

結果卻演變成這種情況。照這樣下去根本沒完沒了，由美子因此拋出一句話：

「啊──總之，那女孩是聲優對吧？」

木村似乎沒想到會被由美子打斷，他的長篇大論緊急煞車了。

「呃，是那樣沒錯……嗯，是的。」

「哦——聲優！我還滿常看吉卜力的動畫喔。還有電視在週五電影院時播放的影片。那位聲優在哪部作品有出現呢？」

對於直率地這麼詢問的若菜，木村再次僵住了。嗯，這實在很難回答。

「呃，那個……像是從……『從異世界回來的妹妹變成了最強勇者』之類的……」

為什麼偏偏要講那種擺明就很怪的作品名稱啊！

「咦？妹……什麼來著？作品名稱好像很長呢。抱歉，再說一次好嗎？」

可以看見若菜一臉為難似的笑了笑，木村的臉上則淌下汗水。感覺如坐針氈。

若菜並非想整人，木村也沒有惡意。單純只是問題的內容有些糟糕。

……不，或許木村的回答也有些糟糕吧。應該有其他更好的答案才對。

「……呃，若菜，我想那大概是配深夜動畫的聲優。妳應該不曉得吧？」

由美子不禁幫忙打了個圓場。

倘若對方是偶像聲優，跟若菜所說的動畫便是不同的領域。

木村什麼也沒說，相對地朝由美子露出彷彿表示「哦？這傢伙意外地內行嘛」的眼神，因此由美子無視他。真希望他能自覺到那種眼神是最惹人厭的。

若菜看似意外地瞠大了眼。

「咦，由美子喜歡動畫嗎？妳對聲優什麼的很熟嗎？」

「嗯……呃，哎，嗯。因為來小酒吧的客人裡有人愛看嘛……」

「啊，是因為客人的關係呀。那由美子應該知道嗎？嗳，木村，那位聲優叫什麼名字呢？」

若菜再次這麼詢問。木村看似自豪地從鼻子發出「哼哼」聲。

他朝她們展示墊板，同時彷彿在講述自己功績似的開口說道：

「這個人是夕暮夕陽，通稱『夕姬』。雖然才入行第二年，卻是目前人氣上升中的聲優喔。比起熱門的知名人物，我更喜歡這種有點冷門的人呢。」

——什麼！由美子慌忙地凝視那墊板。

墊板上確實印著一名似曾相識的少女。

少女的容貌非常惹人憐愛，給人開朗的印象。

她的雙眼明亮地睜大，嘴唇勾起爽朗的笑容，身上穿著偶像般的衣裳，美麗的雙腿十分引人注目，相對地胸前的隆起較為平坦。但在這雙美腿之前，不過是瑣碎小事吧。

少女的名字是夕暮夕陽。由美子當然知道她。

她是跟由美子同樣身為高二生的偶像聲優。

「唔……」

由美子不禁認真地注視著墊板。她對這墊板有印象，是聲優雜誌的贈品。

記得這是她在演唱會登場時的衣裳吧……啊，可惡。真可愛呢。真好呢。也難怪她會走紅呢……

「怎麼啦，由美子？妳怎麼瞪著墊板看呀？」

若菜的聲音讓由美子猛然回神。自己的視線似乎熱情過頭了。

「嗯。沒事，我只是在想她的臉蛋真漂亮呢。」

由美子輕輕揮了揮手，蒙混過去。

夕暮夕陽是穩定地在增加演出作品，氣勢正旺的新人。

她擁有宛如鈴鐺般美麗的聲色，演技不用說，也很擅長唱歌。

雖然年紀相同，但她跟由美子已經有很大的差距，所以由美子忍不住會在意，去比較，不禁感到羨慕。

當然，若菜並沒有察覺到由美子那種羨慕之情。

「是吧——是位美女呢。木村，墊板借我一下好嗎？我想更仔細看清楚點。」

「咦？啊，喔，好……拿……拿去吧。」

準備接過墊板時，若菜的手指稍微碰觸到木村的手。

「啊……啊呼！抱……抱歉！」

木村發出怪聲，氣勢猛烈地將手收了回去，墊板因此從他手上掉落了。

「啊，抱歉。我弄掉了。」

「啊，啊，對……對不起對不起對不起……摸……摸……呃，我有一點亂了手腳……」

「哎呀，你不用這樣道歉啦。」

看到木村焦急的模樣，若菜一邊露出苦笑，一邊想撿起墊板。她維持坐在椅子上的姿勢探出身體，將手伸向地板。

「不過呀——這女孩明明這麼可愛，卻是冷門的對吧？為什麼？是演技沒有很好嗎？」

這樣的話從若菜的嘴裡溜了出來。

「不不，若菜，不是那樣的。木村所說的冷門只是跟超紅聲優比較的話算冷門，她也是挺出名且受歡迎的喔。因為演技高明又長得可愛，才會紅到出墊板嘛。」

「——哦？」

「……啊。」

由美子突然幫這個聲優說話，讓若菜對她投以訝異的眼神。由美子猛然一驚，摀住嘴巴。

就在她慌忙地想要找藉口時——響起了「咚」的聲響。

「哇呀，抱歉！」

因為若菜探出身體，與正好經過的人不小心撞上了。

「——唔喔，真危……啊！」

她本想坐回椅子上，身體卻撞上桌子。

這一撞，讓裝著拿鐵咖啡的杯子從桌上掉落到地板。

拿鐵咖啡潑灑在地。

墊板不用說，甚至還濺到撞上的那個人的室內鞋。若菜慌張地站了起來。

「啊，啊，對……對不起喔！弄髒了妳的室內鞋……！我……我馬上幫妳擦掉！」

「啊真是的，若菜，有面紙啦，所以妳別用手帕，用這個擦吧。」

若菜手忙腳亂。由美子無視只是不知所措的木村，也幫忙清理地板。

這時她注意到一點。遭若菜撞上，且被濺到拿鐵咖啡的那個人一語不發。對方就那樣站在原地，什麼也沒說。

由美子感到可疑，仔細地看了看那女孩的身影。

「……嗯。是那時的——」

由美子小聲地低喃。

是前陣子錄音完準備回家時看到的同班同學。

少女給人陰沉的印象。因為她低頭看著下方，更讓人有這種感覺。

頭型是美麗的圓弧狀，短鮑伯頭非常適合她，但瀏海的長度抵銷了她的魅力。瀏海讓人難以看清她的眼睛。少女身材嬌小且纖瘦，胸部也相當平坦。制服外套底下穿著白色開襟羊毛衫，裙子長度偏長。

看來陰沉且樸素，總之給人的印象相當薄弱。明明是同班同學，卻想不起她叫什麼名字。

只要聊過一次天，由美子就不會忘記對方的長相和名字。但她跟少女一次也沒說過話。

豈止如此，甚至也沒看過少女跟別人聊天的景象。

「汙漬會不會清不掉呢……真的很抱歉呢。呃……妳是叫什麼來著……？」

是因為驚慌失措的緣故嗎？若菜不經意地講了相當失禮的話。

少女用銳利的眼神看向若菜，然後首次開了金口：

「……渡邊，渡邊千佳。」

彷彿與外表成反比，她的聲音美麗且澄澈。

「啊，這樣啊，渡邊同學。對不起喔，我現在就幫妳擦乾淨……」

對於蹲下身的若菜，千佳什麼也沒說。不知何故，她的雙眼看著不同的東西。

她目不轉睛地注視著沾滿拿鐵咖啡的夕暮夕陽的墊板。

「啊，對了，木村！對木村也很抱歉！這是你很寶貝的東西對吧？那個……是叫偶像聲優嗎？我立刻擦乾淨。真的很對不起。」

「咦，啊，啊……沒……沒事，沒關係……畢竟只是墊板，不……不用放在心上。」

在若菜和木村這麼交談的期間，千佳也一直俯視地板上的夕暮夕陽。

這時，發生了令人難以置信的事情。

「——嘖。」

千佳嘖了一聲。伴隨強烈的聲響，空氣變得沉重起來。

湧現而出的惡意讓大腦深處幾近麻痺。

千佳丟下僵住的若菜，就那樣打算離開現場。

「——給我等一下。」

由美子反射性地站了起來。她對著千佳的背影這麼喊道：

「剛才的確是若菜有錯。可是啊，妳也不該用那種態度對待道歉的人吧？」

「沒……沒關係啦，由美子。這都要怪我。」

「不，這與其說是在替若菜抱不平，不如說只是我感到不爽。」

由美子制止想勸阻的若菜，瞪著千佳。

千佳剛才的態度讓由美子忍不住火大起來。她以為自己是誰啊？

千佳緩緩地重新轉了回來，看向由美子。看到她正面回瞪自己的眼睛，由美子首次注意到了。

那是多麼銳利且凶狠的眼神啊。儘管被頭髮遮住而難以看清，但那眼神簡直就像猛禽類一樣。

她看似很不愉快地開口說道：

「——光是沒品的傢伙在那裡吵鬧就已經夠煩人了，還給別人造成麻煩，甚至找起這邊的碴，看來把人類的文化忘了一大半呀。閣下是否出身於森林深處呢？」

她以流利且字正腔圓的聲音朗誦出來的，是滿滿的挖苦。

與樸素的外表相反，充滿攻擊性。

不，在看到她那副眼神之後，這樣反倒比較符合她給人的感覺。

「不懂文化的人是妳吧。妳的國家是教妳用咂嘴回應別人的『對不起』嗎？想必妳一定度過了非常美好的童年吧。這就是妳陰沉的原因？」

由美子這麼回嘴。聞言，千佳的臉頰抽搐了一下。

她的眼光變得更加銳利。

「……那妳應該是相當自由地茁壯成長了吧，否則不可能那一身智商不足的打扮還滿不在乎。裸體都比妳那身打扮好呢。」

「啊？妳要瞧不起別人的打扮是無所謂，但等妳把自己裝扮整齊後再來講這些吧，陰沉女。就算妳很久沒開口講話，未免也興奮過頭了吧？即使室內鞋被弄髒，也用不著那麼抓狂吧。」

「室內鞋……喔。」

由美子這番話讓千佳的眉毛抽動了一下。她俯視自己的室內鞋，從鼻子發出哼聲。

「怎樣都無所謂啦。」她這麼搖了搖頭，指著的東西是掉落在地板上的墊板。

她露出打從心底感到輕蔑的表情，咒罵似的說道：

「很煩人呢。雖然不知道是聲優還是什麼的，但為了那種東西吵吵鬧鬧，真像傻瓜。我一點都不明白究竟是哪裡好。反正你們也一直瞧不起對吧？無論是那個周邊、周邊的主人，還是聲優本身。」

由美子不懂她想表達什麼，覺得困惑。

她感到煩躁是因為這個墊板的緣故？

「況且說是聲優，卻把外表當成賣點對吧？又是唱歌又是跳舞，像那樣模仿偶像究竟哪裡好呢？總之看到就覺得不快。只是這樣而已。」

話語流利地從她嘴裡脫口而出。

木村彷彿感到沒面子似的低著頭，沒有做出任何反駁。

既然千佳生氣的理由跟若菜無關，就沒必要繼續找她吵架。

雖然沒必要……

「——妳根本什麼也不懂，別講那種自以為是的話。夕暮夕陽很可愛喔，所以外表也成了賣點，但那樣又哪裡不對了。話先說在前頭，她可不是只有一張臉，無論演技或歌喉都是一流的，不僅如此還長得好看，所以才會被經紀公司用這種方式宣傳知名度罷了。懂嗎？」

從由美子的口中冒出了這種直接的反駁。

跟她以為若菜被貶低時不同種類的憤怒湧現出來。

別瞧不起人。她忍不住想這麼說。

「……什……什麼跟什麼呀。妳才是別不懂裝懂，講那種不負責任的話。反正妳只是略懂皮毛吧？像妳這種野蠻人懂什麼？」

千佳露出彷彿遭到突襲似的表情。但她蹙起眉頭，如此反駁。

「喔——喔——無論是野蠻人或什麼都行，隨便妳說。但夕暮夕陽就是個連略懂皮毛的人都知道她很強的出色聲優。妳說模仿偶像？如果那樣能撼動人心，能帶給觀眾熱情，那就是貨真價實的吧。再說，對於別人熱衷的事物，妳那種說法不會太失禮了嗎？」

在思考之前就吐出了話語。由美子將自己的心情一口氣滔滔不絕地道出，等候對方的反應。

來吧，她會怎麼出招？就在由美子準備迎戰時，千佳的氣勢突然消退了。

「唔……咕…………咳……咳咳！」

她彷彿想說什麼似的扭動著嘴唇，眉頭緊蹙且漲紅了臉。

最後，她別過臉去，咳嗽了起來。

「……真像傻瓜。只是嘴巴說說誰都會呀。我不奉陪了。」

千佳瞪了他們一眼後，折返回頭。簡直就像臨走前心有不甘丟下的臺詞。

由美子不禁想對著她的背影進行反駁，卻有人拉住她的手。

「夠……夠了啦，由美子。我真的不要緊……」

看到若菜一臉擔心似的這麼說，由美子迅速地冷靜下來。

……的確，再繼續吵下去，也只會變成沒有結果的爭執。

由美子老實地停戰後，若菜就那樣勾著她的手臂，放下心地鬆了一口氣。接著，若菜發出感佩般的聲音：

「話說回來……原來由美子這麼喜歡這位聲優呢，真意外。妳會看動畫什麼的嗎？」

「咦？啊，嗯，嗯嗯——沒，沒有啦？不……不是那樣啦……啊，對，是聽客人說的啦，喏。嗯，話說木村，你喜歡的聲優被瞧不起了，應該是你要反駁吧。」

由美子強硬地將若菜提到的事情蒙混過去，轉換話題的方向。

「咦？啊，我是打算說些什麼啦……但抓……抓不到時機……」

木村困惑地交互看向墊板與由美子，嘴裡唸唸有詞。

由美子嘆了口氣，瞥了離開的千佳背影一眼。

再也不想跟這傢伙打交道。她打從心底這麼想著。

放學後。

由美子獨自前往錄音室。

『哈囉，大家好——晚……安？說晚安對嗎？對～我是飾演琉球海璃藻的夕暮夕陽——哎呀——我今天忘記帶傘，是用跑的過來呢。』

耳機裡傳來的是溫和的聲音。

節奏平緩且容易聆聽，可以感受到一股柔和的氛圍。

電視動畫「超絕伸縮小毬藻」的廣播節目「超絕廣播小毬藻」。由美子得知夕暮夕陽會

在這個節目中登場，便像這樣收聽起廣播。

不僅聲音悅耳，還能深刻感受到她的善良。這也難怪她會走紅吧。

我配得上這女孩嗎？

……八成配不上吧——由美子這麼心想，搔了搔頭。

『哎呀，我不熟啦，真的不熟。我根本只是臨陣磨槍，略懂皮毛而已啦。』

「……嗯？」

由美子感覺不太對勁。不知何故，那個令人火大的女人樣貌閃過腦海。

明明一點也不像，為何會突然想起來呢？

「……對了，那傢伙也說過略懂皮毛什麼的呢。」

理解原因的同時，回想起那令人火大的言詞，她不由得怒火中燒。

就在這麼胡思亂想的期間，由美子抵達了曾使用過好幾次的熟悉錄音室。

「早安——」

由美子一邊打招呼，一邊打開指定的會議室大門。首先要進行討論。

正中央擺放著長桌，一個四十五歲上下的男性坐在桌前。

是個捲髮翹到讓人會誤看成爆炸頭的男性。他穿著偏大件的休閒褲和T恤這種輕鬆的裝扮，敲打著筆記型電腦。男人面向這邊，露出驚訝的表情僵住了。

「喔，早……啊？」

誰啊？他的臉上掛著這樣的文字。不過由美子也很習慣這種反應了。

「我是巧克力布朗尼的歌種夜澄。不好意思，我平常是這種打扮喔。」

「啊，喔，是歌種同學啊。啊，我是導播大出，請多指教。哎呀，我是聽說過啦，但實際看到還是嚇了一跳。妳平常真的是這種打扮呢。」

「第一次碰面的話，對方常會大吃一驚呢。拜此之賜，很容易讓人記住我就是了。」

「那也難怪嘛。不過幕前幕後相差很大的人挺多的啦……啊，坐吧坐吧。」

由美子照他說的坐到座位上，看到放在桌上的資料。

那是節目的企畫書與演出者的個人檔案。因為事先已經拿到，由美子看過內容。

企畫書上這麼寫著：

節目名稱：夕陽與夜澄的高中生廣播！

主要構想：由現任女高中生的兩名聲優主持的廣播節目

單元構想：預定是與學校相關的單元（※研討中，由編劇在當天提出）

演出：夕暮夕陽（藍王冠）／歌種夜澄（巧克力布朗尼）

這是從這個春天開始，每週錄音一次、每週播放一次的新節目。

而且那個夕暮夕陽的搭檔居然是由美子——歌種夜澄被選上了。

「……為什麼夕暮同學的搭檔對象會是我呢？」

由美子不禁如此低喃。

被選中當夕暮夕陽的搭檔很開心。這人選應該會跌破很多人的眼鏡。

但她不曉得自己被選上的理由。

因為是女高中生——倘若是這個理由，還有很多其他受歡迎的女高中生聲優。

至少如果自己是導播，不會選擇歌種夜澄來當夕暮夕陽的搭檔。

大出像是惡作劇成功的小孩般笑了。他用手指咚咚地敲著企畫書。

「歌種同學沒跟夕暮同學見過面對吧？」

「咦？啊，喔，是的，是那樣沒錯呢。也沒有在同個現場一起工作過。」

「我想也是。」

大出看似滿足地笑了笑。由美子露出疑惑的表情。

「啊，抱歉。」他這麼說道，揮了揮手。

「其實這個廣播節目有個祕密喔。妳們有個很大的共通點。只要知道那是什麼，就會明白選上歌種同學的理由。」

「很大的共通點……？除了身為女高中生聲優這點之外嗎？」

「嗯。再試著深入一點吧。」

深入一點？什麼意思？

就算將個人檔案放在一起，也完全看不出答案。

「注意到這個共通點時，我驚訝得不得了呢。得知這件事時，這份企畫書就已經浮現在我腦海中了……妳不知道是什麼？嗯——怎麼辦呢。真沒辦法！我就告訴妳吧！其實啊，妳們兩人是——」

「早安。我是夕暮夕陽，請多指教。」

大門伴隨著平靜的聲音打開了。

是夕暮夕陽。

那個儘管人氣正上升中，卻會在廣播節目裡與自己搭檔的夕暮夕陽進入了這個房間。

由美子心跳不已地抬起視線。

「……嗯？」

眼前的少女與記憶中的夕暮夕陽身影有很大的差異。

是髮型的緣故嗎？給人的印象完全不同。

站在那裡的不是開朗又可愛的夕暮夕陽，而是陰沉且樸素的少女。

由美子與少女四目交接。

「……咦？」

眼神完全不同。在瀏海底下可以看見的眼眸散發著銳利光芒。

——不，等等。由美子對這雙眼睛、這個身影有印象。這傢伙是——

「為……為什麼妳會在這裡呀？」

站在那裡的是佐藤由美子的同班同學，渡邊千佳。

為何？為何這女人會在這種地方？

陷入混亂的腦袋完全發揮不了作用，由美子只能愣愣地注視著少女。

而千佳也跟由美子同樣露出困惑的表情。

「那……那是我要說的臺詞吧。為什麼？為什麼妳這種人會在這裡呀？」

「發問的人是我！這……這是怎麼回事？夕暮……咦？不，可是妳今天早上還因為墊板的事情……咦？」

「那……那是因為……先……先別提這些。我才想問妳怎麼會……這裡可不是像佐藤這樣的人種會來的地方……等一下，記得妳今天早上……講了奇怪的話……」

兩人互相指著彼此，露出目瞪口呆的表情。

搞不懂究竟是怎麼一回事。

唯一知情的大出搖擺著身體，看似愉快地說了：

「啊果然沒錯，看來妳們兩人似乎認識原本的對方呢，畢竟就讀同一間高中嘛。那麼，我就揭曉答案吧。沒錯，歌種夜澄與夕暮夕陽同校喔！我在跟經紀人聊天時偶然得知這件事，感覺就像被電到了啊——不只同樣是現任女高中生，還是同校的兩名學生主持的聲優廣播！這肯定有賣點喔！」

大出啪一聲地拍響手，講出這番不得了的話。

由美子總算逐漸明白了情況。

對啊，她剛才不是說了嗎？

說自己是「夕暮夕陽」。

由美子指著她的手顫抖著。

換言之，換言之這表示……

「妳……妳就是夕暮夕陽，要在廣播裡跟我搭檔……？」

「……妳就是歌種夜澄，要跟我一起主持廣播的人……？」

理解這件事的意義後，兩人張大了嘴。

「啥啊——————！」

這樣的大聲尖叫響徹周圍。

「哎呀，其實是預定要開播的節目突然告吹。雖說匆忙成立了這個企畫，但這企畫棒得難以想像是緊急敲定的呢。果然該說人類在被逼入絕境時會發揮出真正的價值嗎？」

大出從剛才開始就維持著這個調調。

夕暮夕陽——渡邊千佳看似不情願地坐在由美子旁邊，毫不掩飾地板著臉。

由美子也同樣不滿地保持沉默。

氣氛很糟糕。

大出根本沒注意到這樣的兩人，興高采烈地繼續自說自話。

「……話說我們原來是替補其他節目的喔？難怪行程排得這麼緊湊。這種事可以不用特地告知演出者吧？」

雖然不是千佳，由美子卻也忍不住想咂嘴。

但在由美子開口說話前，有人打電話給大出。

「喔，抱歉，我接一下電話。我想編劇應該很快就來了。」

大出留下這番話後，迅速地離開了房間。

四周陷入沉默，沉悶的氛圍飄散在房間裡。由美子悄悄地看向身旁。

對方也一樣窺探著這邊。她的表情彷彿在觀察可疑人物。

自己想必也露出了類似的表情吧。

「妳……真的是那個夕暮夕陽？印象和本人實在相差太多了……」

很自然地變成懷疑的語調。

由美子知道的夕暮夕陽，是個更加柔和，感覺家教很好的女孩，表情也相當開朗，跟千佳完全相反。

……當然，刊登在媒體上的角色與本人是兩回事。大部分聲優多少都有性格和形象不同

的地方，工作人員也不會一一吐槽這些事情。

關於外表也是，可以掩飾的方法多的是。

只要擅長化妝就能判若兩人這點，由美子本身是最清楚的。

即使如此，這也未免相差太多了吧？

這個陰沉女居然是人氣上升中的女性聲優，夕暮夕陽？

不過這麼一想，就能理解她今天早上為何會抓狂。

兩個辣妹不知何故拿著自己的墊板，而且其中一人還講出「這個人演技沒有很好嗎？」這樣的話。

甚至墊板還被弄掉到地板上，灑滿了拿鐵咖啡。

這也難怪她會想咂嘴吧。

「……妳也完全判若兩人不是嗎？佐藤居然是歌種夜澄，實在令人難以置信。」

對於不客氣地進行觀察的由美子，千佳看似不愉快地說道。

「啊……萬壽菊……明明是膠女裡我最喜歡的角色，但內在居然是這種沒品的人……」

她哀嘆似的說道。

夕暮夕陽知道自己飾演的角色……這件事本身讓由美子很開心。

然而眼前的少女與夕暮夕陽完全不符，剛才那番話聽起來也只像是單純在講壞話。

「啊——啊，我原本也很喜歡『凝視指尖』呢——但居然是這種壞心眼的傢伙飾演那樣

的清純女主角。感覺會對很多事情幻滅。」

「用那套理論來說的話，妳才是絕對沒辦法飾演清純女主角呢。妳就專心飾演沒有知性的猴子如何？妳平常就在扮演那種角色了嘛。」

「那渡邊是要飾演在教室角落悶不吭聲的陰沉女嗎？不用講任何臺詞，樂得輕鬆呢，根本不用參加試鏡了吧？話說妳算是後進吧。我的演藝經歷邁入第三年了，妳才第二年。要我教妳應該怎麼跟前輩說話嗎？」

「雖然以聲優來說才第二年，但我以前就加入劇團，所以身為演員的演藝經歷是第四年喔。那句話我原封不動地奉還給妳，後進。」

「啥？要講就講妳作為聲優的演藝經歷啊。劇團演員什麼的算是上一份工作了吧。」

「妳敢對劇團出身的老手講同樣的話嗎？開口之前稍微動一下腦子吧。」

兩人互相瞪著彼此，彷彿機關槍似的喋喋不休，互相挑釁對方。

就在差點要演變成教室那件事的復仇賽時——門喀嚓一聲地打開了。

「哈囉大家好，早安。抱歉我來晚了，對不起妳們兩人呢。」

打開房門的是二十五歲上下的女性。

嬌小的身體穿著灰色運動衫，將筆電和一疊紙張抱在胸前。

頭髮長度不到肩膀，維持著睡醒亂翹的模樣蓬鬆散亂。她用橡皮筋綁住瀏海，髮絲往上翹起。

完全露出來的額頭上還貼著退熱貼。

「我是編劇朝加美玲。請多指教。」

女性不僅相當娃娃臉，而且沒有化妝，因此別說是編劇，看起來就像個學生。只是她的眼睛底下烙印著深深的黑眼圈，表情顯得疲憊不堪。

由美子對她彷彿在譏笑女子力這個詞彙般的容貌有印象。

不過，這正是她平常的樣子。

「小朝加！怎麼，原來編劇是小朝加呀。」

由美子起身飛奔到女性身旁。

朝加依舊掛著疲憊的表情，露出無力的笑容。

「嗯，對。好久沒做節目了呢。小夜澄，妳有空再來做飯給我吃嘛。」

「好是好啦。但小朝加家很亂不是嗎？等妳整理到能找人去家裡再叫我吧。」

「那樣永遠都沒辦法找妳來了嘛。」

因為很久沒見，不小心就聊起來了。

見狀，千佳戰戰兢兢靠近兩人，從頭到腳地打量著朝加，

「幸會……請多指教。」她小心翼翼地如此打招呼。

「好的，請多指教。真抱歉呢，用這種打扮登場。」

「不會……」

千佳嘴上這麼說，卻是退避三舍。由美子可以理解對方的心情。畢竟第一次見到朝加時，她也覺得「來了個不妙的傢伙」。

不過，朝加毫不在乎千佳那樣的視線，我行我素地指向窗戶。

「我家就在附近喔，所以會悄悄地過來，然後悄悄地回去。哎呀，該說就連挑衣服都覺得麻煩嗎……還是說很累人呢……」

咈咈咈——朝加以空洞的眼神露出陰暗的笑容。

編劇似乎是非常繁忙的工作，她一直不斷奮戰著，不分日夜或在家、在公司。

這樣的生活從她身上奪走了許多東西。

「小朝加還是一樣女子力都乾涸了呢。」

「那種東西在過勞面前，一轉眼就蒸發了啦。」

「我家的經紀人雖然很忙，但總是會好好打扮喔。」

「所以我才怕那個人啊，未免太有活力了吧，明明經紀人的工作應該也很繁忙……話說我的事情不重要啦，來討論正題吧。反正大出先生應該暫時不會回來。好啦，妳們兩人請坐吧。」

由美子與千佳一同重新坐回位置上，同時開口詢問：

「既然編劇是小朝加，表示決定這奇怪選角名單的人也是妳？」

由美子指了指自己後，又指向千佳。感到火大的千佳朝這邊伸出手。

「麻煩別用手指我。」

她這麼說，握住了由美子的手指。由美子稍微嚇了一跳。

與帶刺的聲音相反，她握住由美子的手的力道很溫柔，讓人想像起小嬰兒輕輕包住別人手指的模樣。她一臉怨恨地將視線往上抬，瞪著這邊的模樣，很遺憾地十分惹人憐愛。

這讓由美子稍微動搖了起來。

「慢點，妳幹嘛突然秀自己有多可愛啊，未免太意義不明了，別這樣好嗎？」

「……？」

由美子不禁吐出了毫無魄力的怨言。但當事者只是蹙起眉頭，不明白是怎麼回事。看來似乎是下意識的行為。然而如此一來也會讓這邊感到難為情就是了……

就在由美子一句話也說不出來時，朝加微微歪了歪頭。

「嗯。怎麼？妳們兩人。該不會妳們其實感情很好？」

「不可能。我們的文化圈不同。」

「同意。這裡已經鎖國了。」

「喔，是喔……呃，回答一下小夜澄的問題，決定選角的不是我喔，是大出先生。他只決定了選角，之後就將整個企畫都丟給我處理了。真是受不了他呢。所以這個劇本也是剛剛才完成的。」

嘿咻——她坐到椅子上，輕輕甩動劇本。

也就是說，節目的構成都是由朝加扛下的嗎？

被稱為編劇或文案企劃的他們負責節目的企劃與架構。

節目是否會變得有趣雖然要看演出者的實力，但發揮演出者的優點則是編劇的工作。錄音時，編劇也會一起進入錄音室，給予細節的指示或協助節目進行。倘若在廣播節目中聽到演出者以外的笑聲，多半可以認定是編劇發出來的。

「來，這是劇本喔。因為是第一回，內容還挺不按牌理出牌的就是了。」

劇本只是將影印紙用訂書針訂起來而已。但如果是廣播，這樣是很正常的。

由美子與千佳並肩翻閱起劇本。

例如喊出節目名稱和開場閒聊等指示，以及由美子她們在錄音時要談論的內容，都以劇本形式排列其上。不過並非指定所有細節，也有些地方寫著「從這裡開始自由聊天」、「如果有相關話題」、「見機行事」。

朝加打開劇本後，用手指敲了敲開場閒聊的部分。

「我想妳們應該明白，這個廣播主推的是妳們兩人同校這件事，希望妳們盡可能意識到這點來聊天，希望妳們能不時摻雜可以讓聽眾覺得『啊，果然這兩人同校呢』的話題。啊，已經取得經紀公司的許可嘍。」

「是哦……也是，畢竟同年級又同校的聲優並不常見呢。」

「沒錯，的確很罕見呢。只要可以強調這點，就能與其他廣播節目做出區別。大出先生

的判斷實際上並不差喔。」

原來如此。雖然能夠理解……但依舊存在著問題。

那個問題人物板著一張臉開口了：

「我跟這個人感情並不好，也不想跟她變成好朋友，這樣沒問題嗎？」

「啥？我也不想跟妳當朋友好嗎？」

「哎呀真巧呢。那麼，妳也明白我現在的心情嘍？我在想妳實在有夠吵，可以安靜一點嗎？」

「悶不吭聲是妳的專長吧。在教室裡保持安靜就像工作一樣的傢伙在講什麼啊？即使被拜託當陰沉女的保母，我也絕對不幹喔。」

「保母……又來了。我真的很討厭妳這種地方。只會吵鬧的傢伙為什麼態度總是高高在上呢？外表花俏就很了不起嗎？真像鳥類或野獸呢。」

「這傢伙……話說妳是因為自覺沒辦法融入周圍，才會像這樣試圖否定不是嗎？不擅長跟人聊天的妳才是鳥類或野獸吧。」

「嘰嘰喳喳個不停，真是吵死人的猴子小姐呢。」

「比猴子更沒有溝通力的傢伙在講什麼啊？」

「啥？」

「啊？」

「……呃。妳們兩個，錄音時絕對別散發出這種氛圍喔。在錄音時間外沒必要融洽相處，我們也不會要妳們把私生活拿出來當賣點，但至少保持平常心吧？只要有時會聊到在學校的話題，之後跟其他廣播節目一樣就好。話說我想問一下，妳們同班嗎？」

被原子筆指著的由美子點了點頭。

「喔──那還真是幸運。不錯呢，也強調一下這點吧。啊，順帶一提，可能讓人特定出學校的情報是不能公開播放的，要多加留意喔。那麼，關於節目的流程嘛，並不是多麼突出的架構……」

兩人再次將意識拉回劇本上。

誠如朝加所言，似乎沒什麼奇怪的內容。

「基本上是開場閒聊、閱讀來信、單元時間、結尾這種很傳統的流程。單元內容還沒想，但我會設定成跟學校相關的某些主題。這次因為也沒有來信，就把時間用來介紹節目，以及妳們的自我介紹吧。」

朝加翻動劇本的內頁。由美子與千佳也同樣翻開下一頁。

上面寫著單元企畫，「多了解一下彼此吧！一問二答！」這樣的文字。

夜澄「這是為了今後一起主持節目，讓我們更加了解彼此，變成好朋友的單元。」

夕陽「我們會輪流抽籤。籤上寫著問題，我們兩人會一一回答那些問題。」

雖然並非多罕見的企畫，但既然是第一回，這樣的內容正好吧。

「錄音時我會準備抽籤箱給妳們。我想看看會是什麼感覺，妳們可以試著排演一下嗎？簡單說個幾句就行了。」

「妳說簡單說個幾句，要怎麼做呀？」

「我會隨便提出問題，妳們以聲優的身分來回答。」

也就是要稍微彩排一下。

朝加想看錄音時的她們會怎麼回答。既然如此——由美子調整好聲音的狀態。

她咳哼一聲，清了清喉嚨。

與此同時，千佳在完全一致的時間點也做了相同的行動。兩人的視線交會。

「什麼呀？」

「怎樣啦！」

「好啦，不要立刻就吵起來……好，我現在試著抽了一張籤。上頭的問題是『喜歡的食物是？』好，小夜澄請說。」

朝加將右手比向這邊。由美子深深吸了一口氣後，緩緩地回答：

「最喜歡的果然還是媽媽煮的咖哩吧？」

她細心地發出了簡直像在語尾加上愛心符號一般惹人憐愛的聲音。

順帶一提，媽媽並不擅長煮咖哩，甚至可以說由美子煮得比較好吃。

不過，年輕女孩這麼說的話，可以戳中大部分人的萌點。

「又來了……特地扯到母親，講個食物也想提升好感度的即時行銷手法。」

「啥？在能夠提升的地方提升好感度有什麼……」

「好——接著換小夕陽回答吧。」

朝加做出指示。千佳立刻露出燦爛明亮的表情。

她在胸前緊握住手，「呃～」這麼開口說道：

「我的話呀，應該是鬆餅吧。好比說休假時呀，我經常去店裡吃鬆餅喔。」

「嗯，妳吹牛。」

「啥？怎麼，我沒有講什麼奇怪的話喔。」

「最好是啦。像妳這樣的陰沉女怎麼想都不可能有一起在鬆餅店前排隊的朋友，況且妳也沒膽獨自排隊吧。頂多就是到家庭餐廳？如果要聊鬆餅的話題，我會提到很多鬆餅專賣店喔，妳沒問題嗎？妳能夠仰賴在家庭餐廳的經驗談論鬆餅話題嗎？」

「咕……唔……」

千佳啞口無言，支支吾吾，看似懊惱地瞪著由美子。

看來這點似乎是一針見血。

不過，朝加像是要幫忙解圍一般，「換下一題嘍。」如此推進了話題。

「下個問題我想想。妳們有喜歡的動畫嗎？」

「啊，要說這個的話，我有喜歡的動畫喔。魔法使泡沫美少女。喜歡到我的夢想就是在那個系列中演出。」

由美子不禁自然地這麼回答。

魔法使泡沫美少女系列是在星期日早上播放，以小女孩為主要收視族群，已經持續播出好幾年的熱門動畫系列。很多女性聲優都嚮往演出這部作品，不過由美子的執著比其他人要加倍強烈。

因為這部作品成了她進入這個業界的契機。

千佳盯著這樣的由美子，從鼻子哼了一聲。

「佐藤演泡沫美少女？那樣一來恐怕要世界末日了呢。」

「吵死了。就是為了拯救那個世界才要變成泡沫美少女的吧。」

「真要說的話，妳應該是敵人那邊的吧，像是敵方幹部野蠻蠻。」

「妳這傢伙……那渡邊妳想必是喜歡非常出色的動畫吧。」

千佳沒有立刻回答由美子的問題。

她蹙起眉頭，難以啟齒般的動了動身體。

過了一陣子後，她悄聲說道：

「……機械和機器人。神代動畫我大多都喜歡，像是『鐵之黃金・拉』之類的。」

「唔哇——這回答太出人意料，反倒會提升好感度呢。總覺得很不爽啊……」

「所以我才不怎麼想回答呀，這個問題……因為會被說很意外或是裝模作樣。」

「妳要是在推特被難搞的認真魔人纏上就好了。」

「真虧妳講得出那麼可怕的話呢。妳沒有人心嗎？別對我下那麼可怕的詛咒。」

「話說妳真的喜歡那種系列的動畫嗎？不是像鬆餅一樣在虛張聲勢？」

「別把人家的喜好說成虛張聲勢好嗎。」

「那我問妳。舉例來說，如果是『鐵之黃金．拉』，妳喜歡什麼部分？」

「嗯，要說什麼地方最棒實在相當困難，我沒辦法斷言。舉例來說，我想想，機械設計的精緻度可說是『鐵之黃金．拉』的魅力之一呢。主角到第四話為止搭乘的機體『暮光』的鮮麗度，每次看到都讓人不禁讚嘆。首先引擎形狀就非常出色，第一話發動引擎、活塞開始運作的場景——啊這一幕也被用在之後的出擊側傾上不過此幕場景以本部作品的作畫來說可以說是最顛峰這裡是由擔任作畫監督的田宮老師繪製的哎呀真的是由田宮老師來畫就有種躍動感——」

「最難搞的認真魔人原來是妳——怎麼變成這種結果啊！」

「啥？問我作品魅力的人是佐藤妳吧，竟然哪壺不開提哪壺，說我難搞？很好，為了讓妳智商不足的腦袋也能理解，首先就從作品的成立開始……」

「那絕對是很花時間的長篇大論吧！我對機器人沒什麼興趣，就算妳跟我講這些，我也

很困擾喔！」

「給我等一下，『鐵之黃金．拉』裡面並沒有機器人登場喔。嚴格來說那並不是機器人，而是從古代遺跡挖掘出來的……」

「別講了別講了別講了！別跟我談什麼設定！肯定不會有什麼好下場的！」

不知不覺間，兩人已經把排演什麼的擱在一旁。

話不投機，水火不容，一開口就立刻吵起來。

真的能跟這種傢伙一起主持廣播之類的嗎……

至於理應制止兩人的朝加，不知不覺間已經打起瞌睡。

現場頓時成了無法地帶。

「喔——不錯嘛，外面都聽得見很熱鬧的聊天聲喔。果然女孩子聚在一起，氣氛就會熱絡起來呢。妳們感情很好嘛。廣播也麻煩妳們照這樣努力喔！」

回到房間的大出面帶微笑地講著這種不著邊際的話。

由美子和千佳都愣住了，只能「喔……」地做出這種沒勁的回應。

「我回來了……」

回到自家的由美子無力地這麼說道。家裡一片漆黑，沒有人回應她的「我回來了」。她

牢牢地將門上鎖後，躡跚地走在嘎吱作響的走廊上。

由美子與母親兩人在這間老舊的獨棟房屋裡生活，這裡是母親的老家。

由美子剛懂事時，是外婆、母親與由美子三人一起生活的。

前往自己房間途中，由美子拉開佛堂的紙拉門，「外婆，我回來了。」對著佛壇這麼打招呼。換上居家服後，她前往廚房。

「今天煮咖哩好了。」

講到咖哩的話題，讓由美子突然想吃咖哩。由於常備菜也已經沒了，就多煮一些備著吧。

討論會後進行了第一次錄音。離開錄音室時已經完全入夜了。

由美子覺得疲憊不已。一想到每星期都要重複那樣的場景，眼下就感到厭煩。

那個節目真的可以順利進行嗎……

畢竟是好不容易獲得的工作，由美子當然打算好好做就是了。

『這就是我的能力……將所有能力「回溯到上一個階段」的能力！』

「是渡邊的聲音呢……」

由美子用手機收看這一季播出的動畫「黑劍的宣言者」時，聽見了夕暮夕陽的聲音，十分凜然。與主角敵對，對故事來說舉足輕重，千佳飾演這樣的角色。

「嗯——……」

由美子感到疑惑，總覺得很難想像。那個講話很難聽的少女與這個角色的聲音無法直接連結起來。

這樣沒辦法專心看動畫呢……由美子一邊這麼心想，一邊炒著切好的菜。在她將菜移到鍋子裡時，突然想到蒜泥還有剩嗎？於是打開冰箱確認。

「啊，糟了，牛奶已經沒啦。拜託媽媽買回來吧。」

等下傳訊息到她的智慧型手機吧。由美子點了點頭。

由美子的母親在附近的小酒吧工作，姑且算是受僱的媽媽桑。店面雖小但生意興隆，風評也很好。以前由美子經常去小酒吧玩，順便幫忙店裡的工作。

『居然在……在這種……地方……我……我還有野心……有……夢……想……』

「咦，不會吧？渡邊死嘍？」

在由美子認真尋找番茄罐時，千佳飾演的角色已經死亡了。唔嗯，之後再好好重新觀賞吧……由美子停止播放動畫。

東忙西忙後，咖哩飯和沙拉完成了。

母親的份只要將沙拉先放進冰箱，剩下的她就會加熱來吃吧。

由美子將料理端到桌上。她早已完全習慣獨自吃晚飯了。

即使母親晚上因工作而不在家，以前還有外婆陪伴由美子。然而自從外婆兩年前啟程到天國後，由美子便總是像這樣一個人用餐。

由美子忍不住想稱讚自己煮的咖哩看起來就讓人食指大動，味道也保證絕對好吃。她用手機拍下照片。

「……雖然煮得很成功啦。」

手機裡存了很多由美子的料理照片。她覺得這些料理都做得很棒，甚至可以在個人檔案的特技欄寫上料理。

倘若以聲優歌種夜澄的身分將照片上傳到推特，說不定能提升好感度。

儘管這麼心想，但要將這些照片上傳到ＳＮＳ需要相當大的勇氣。

「身為高中生的自己獨自煮晚餐，獨自吃飯」這種狀況，她無法預測別人會怎麼看待這件事。

「要是被人同情，實在慘不忍睹啊……我沒辦法忍受。」

從以前開始，就有很多大人會像條件反射一樣表示「真可憐呢」，同情由美子的處境。

這是因為在由美子懂事之前，她的父親就因意外而逝世。

明明沒道理要被同情。雖然外婆不在這點讓由美子現在也覺得寂寞，但難受的就只有這一點而已。每天的生活都很充實，也過得很快樂。

關於快樂地生活這點，沒人比得上辣妹。

結果由美子依舊沒有上傳照片。

相對地，她試著將照片傳送給若菜。立刻來了回應。

『看起來好好吃！好想吃喔。下次做給我吃嘛。』

腦海中浮現若菜天真無邪地笑著的表情，由美子不禁露出微笑。

她將咖哩送入口中。恰到好處的辣度與清爽的風味完美地相互摻雜，在舌頭上擴散開來。蒜泥很對味。因為由美子將番茄罐都倒了進去，吃起來不會黏膩，能夠一口接一口。

「好吃。」

令人滿意的成果讓由美子獨自點了點頭。是外婆的咖哩味道。

辣妹非常早起，因為要仔細地化妝，以完美的狀態離開家門。根本不可能賴床。不早起的話就當不了辣妹。

由美子邊打呵欠邊走到客廳，只見母親正在用餐。房間裡飄散著咖哩的香味。

「早呀，媽媽。工作辛苦了……媽媽？」

由美子向母親打招呼，卻沒有得到回應。

注意到母親的雙耳戴著耳機，她從後面探頭窺視。

只見放在桌上的手機播映著由美子的身影。

不，與其說是由美子，不如說是歌種夜澄。

母親正在觀賞由美子前幾天演出的「櫻並木乙女的簡直就像在賞花一樣」。

「唔……唔呃……等一下，媽媽。」

「哎呀？早呀，由美子。」

由美子從後方搖晃母親的肩膀。母親拿掉耳機，彷彿什麼事都沒發生過般向由美子打招呼。

由美子一邊感受著臉頰發燙，一邊指向手機。

「別看女兒這麼難為情的模樣啦。被家人看到自己在扮演那種角色，實在挺難受的耶。」

「嗯——？啊，對不起喔。可是我無論如何都很在意嘛。」

母親操作手機，停止播放影片……她打算等等再觀賞後續。

無論有多麼難為情，在藝名被得知時就根本無法阻止她觀看了。

而且為了成為聲優，也拜託母親幫了不少忙，實在沒辦法太強硬地抱怨。

母親完全沒有反對由美子成為聲優這件事。

就照妳喜歡的方式生活吧——她這麼對由美子說。

恐怕是受到父親死亡的影響吧，母親非常清楚人是很輕易就會死掉的。

「要是當不成聲優，來我們店裡工作就好啦，是吧？」

她開玩笑似的這麼說了。

由美子一邊梳理蓬鬆亂翹的頭髮，一邊開始準備早餐。

她向細嚼慢嚥地吃著沙拉的母親搭話：

「最近店裡情況如何？生意好嗎？」

「很好很好，昨天也忙得不得了呢，還拜託客人自己倒酒了。妳記得山口先生嗎？那個人還幫忙做其他客人要喝的酒，真是幫了大忙呢。」

「妳說山口先生，我記得他是哪裡的大人物吧……別那樣使喚大人物啦，真的是……妳要是說一聲，我也會去幫忙呀。」

「不用啦，由美子就專注在聲優事業上，好嗎？啊，不過客人和工作人員也很想見由美子，妳有空再來露個面吧？」

好──由美子一邊這麼回應，一邊烤著麵包。

她從冰箱拿出昨天剩餘的沙拉，把蛋也一起拿了出來。

要煎荷包蛋還是炒蛋呢？她一手拿著蛋，暫時思考起要選哪一邊。

「小夜澄。」

「別用藝名叫我好嗎？」

「妳昨天說了有新的廣播工作，還順利嗎？」

唔──由美子一邊熱平底鍋，一邊歪了歪頭思索著。

還算順利……嗎？

錄音本身很順利地結束了，但在那之外的部分起了不少糾紛，老實說對今後也感到不安。

我們能夠讓那個節目成功嗎……？

母親似乎把由美子的沉默當成否定，像是感到慌張地出聲說道：

「咦咦，感覺做不下去嗎？媽媽也會準時收聽喔……也會寄聽眾信件過去喔？」

「拜託妳千萬別那麼做。」

親生母親寄來的聽眾信件也太可怕了吧——由美子蹙起眉頭。

※　※　※

「……有一點拿鐵咖啡的味道。」

木村在自己的房間喃喃自語。他將鼻子湊近夕暮夕陽的墊板，嗅著上頭的氣味。

這是很寶貝的墊板，況且這樣對那個夕暮夕陽的周邊實在太沒禮貌了——本來應該會火冒三丈，但自己心胸寬闊，無可奈何地原諒對方了。

「但有點無法原諒渡邊啊……」

他說的是渡邊千佳，也是拿鐵咖啡會灑到墊板的原因。

她看不起聲優這個崇高的職業。

實在有夠失禮……偏偏被那種不起眼的女人這麼說，實在讓人氣憤難平。

「真是的……真希望她能向夕姬看齊啊。」

木村注視著墊板上的可愛少女。

少女與千佳判若雲泥，有著天壤之別。

只要聆聽夕姬平常的說話方式，就能清楚了解到她的性格有多麼善良。她絕對不會吐出像千佳那樣的謾罵，應該也沒有說過別人的壞話吧。

「反倒是佐藤很有前途啊……說不定下次可以教授她許多知識。」

雖然花俏的辣妹不是木村喜歡的類型，但傳教是很關鍵的。為業界盡一分心力也是很重要的吧。

「那麼今天也來收集她們的情報吧。」

如此說道後，木村將電腦開機，點開推特。

他瀏覽推特的時間軸，看到了一則令人有些在意的推特。

是木村推崇的聲優之一，櫻並木乙女的推特。

『小夜澄她們的新廣播節目開始了！聽說兩人就讀同一間學校，而且還同班喔！好驚人的巧合！』

歌種夜澄，通稱夜夜，飾演「塑膠女孩」的萬壽菊，是個新人女性聲優。雖然印象不甚起眼，但木村知道她跟櫻並木乙女感情很好，外表也算不錯。

「同校又同班……？真的嗎。」

儘管半信半疑，木村仍試著點了被貼出來的網址。「夕陽與夜澄的高中生廣播！」這樣的標誌映入眼簾。

他發出「喔」的一聲。夕陽，是夕暮夕陽。

「夕姬有登場耶……」

實在是太大意了，竟然會錯過自己推崇的聲優的廣播節目。

兩人同校而且同班，才會開始這個廣播節目……似乎是這樣。

有可能發生這種巧合嗎？

儘管非常難以置信，但木村湧現了想收聽看看的念頭。

「話說回來……我知道夕姬是高二生。原來夜夜也跟她同年紀嗎？」

同年齡的女性聲優感覺很棒。

倘若能因為一點小事成為契機，進而熟識，肯定會相談甚歡吧。特別是他跟夕姬興趣很合。木村也喜歡機器人動畫，性格的契合度想必也很高才對。

……假如可以交往，絕對能夠一帆風順的。

畢竟人生不曉得會發生什麼事，說不定也會有那種萬一，為此也必須多了解她才行。

木村決定開始收聽這個廣播。

「小夕有什麼喜歡的食物嗎？」

「我嗎？嗯——我想想喔。我應該會選鬆餅吧。像是休假的時候呀，我偶爾會去吃鬆餅喔。」

「這樣子啊！鬆餅很好吃呢！夜澄也很喜歡喔！呵呵呵（笑）。」

「嗯，我很喜歡喔！呵呵呵（笑）。小夜呢？妳喜歡吃什麼～？」

「夜澄呀——雖然有很多愛吃的東西，但最喜歡的果然還是媽媽煮的咖哩吧！」

「啊哈哈，這樣子呀。小夜家的咖哩是什麼味道呢～？」

「嗯——沒有多特別喔？不過，應該說果然自家的咖哩會讓人心情平靜嗎？胸口會好像緊緊揪起！有種幸福的感覺呢！」

「啊～我懂～我很懂那種感覺喔～……嗯？咦，哎呀呀？怎麼了嗎？」

「奇怪？好像送來了一張大字報……啊！導播說有『重大發表！』喔。」

「重大發表！咦——會是什麼呢——？決定發售DJCD嗎？」

「這也太快了吧（笑）。節目才播出了三次而已喔（笑）。他說這張大字報要由小夕唸出來喔！」

「好～我看看……呃……啥？」

「……小夕？」

「…………」

夕陽與夜澄的高中生廣播！

「小夕？…………？咳哼。小夕！」

「……啊，對……對不起。我有點吃驚。」

「怎……怎麼了嗎，小夕！上面寫著那麼驚人的事情嗎？好啦，小夕！這次一定要大聲宣布出來！」

「啊，好，好的——！我……我要唸嘍！居……居然是～！『夕陽與夜澄的高中生廣播！』……決定要公開錄音了～！」

「！啊，公錄！哇——好開心！太棒了呢，小夕！」

「就……就是說呀，小夜！我看看，日期跟時間是……」

夕陽與夜澄的高中生廣播！

YUHI to YASUMI no KOUKOUSEI RADIO!

to be continued……

「我沒聽說。」

千佳僵硬的聲音在錄音間內響起。

廣播錄音結束瞬間，她隨即站起身來，衝到朝加面前如此主張。

「夕陽與夜澄的高中生廣播！」也邁入第三回，兩人慢慢地熟練起來了。

可以在彼此都沒有破壞形象的前提下，表面上毫無問題地進行錄音。

……照理說是這樣。

「要公開錄音的話，為什麼討論時沒有告訴我一聲呢？」

儘管看起來一派淡然，千佳仍在聲音中加入了熱度抗議。

朝加將她的反應解讀為困惑。

「有……有那麼奇怪嗎……？在錄音時突然發表決定的企畫並非那麼罕見喔？雖然一方面也是因為大出先生喜歡這樣做啦……」

朝加瞥了一眼控制室。

一致為白色的牆壁只有一面是玻璃隔間，可以從這裡看見控制室。工作人員在各種音響器材裡忙碌著。

在正式錄音時趁勢將大字報拿來的是大出。

不過看完那一段後，他不知不覺間又跑到其他地方去了。

所以才會變成朝加代替他承受抗議。

「話說渡邊，為什麼妳會受到那麼大的衝擊呀？要幫妳打圓場很辛苦耶。公開錄音又不是什麼奇怪的活動。」

像是要幫朝加一把似的，這次換由美子出聲抗議。

實際上真的很辛苦，甚至都做好要重新錄音的覺悟了。

「那是因為……」

千佳的氣勢變弱，沒有回答，緘口不語。

她就這樣重新坐回椅子上。

「要幫妳打圓場很辛苦耶。」

聽到由美子如此重複，千佳凶狠地瞪著她。

「真愛以恩人自居呢，又不是幫了多了不起的忙。」

「啥？妳給別人添麻煩在先還這種態度？應該有其他要說的話吧？」

「佐藤，有蟲黏在妳的眼睛上，拿掉比較好喔。」

「假——睫——毛！這是假睫毛！什麼蟲子啊。妳該不會不曉得吧？妳知道什麼是化妝嗎？妳有聽過打扮這個詞嗎？應該沒有吧，對不起喔。」

「妳真的很吵耶，嘰哩呱啦的……好啦好啦，道謝就行了嗎？謝啦。好啦，滿意了沒？

現在在講很重要的事，麻煩妳安靜一點。」

「這傢伙……」

千佳像是覺得很麻煩似的將視線從由美子身上移開，再次重新面向朝加。

「明明這個廣播節目才剛開始，也不曉得會不會受歡迎，舉辦公開錄音這種活動真的沒問題嗎？」

關於這點，由美子也抱著同樣的想法。

「夕陽與夜澄的高中生廣播！」才剛開始沒多久，起步還算挺順遂的。但是絕對沒有爆炸性地走紅。

這樣的廣播節目舉行公開錄音，究竟是否會有人來捧場呢？

朝加稍微歪了歪頭，露出微妙的表情。

「嗯——不過最近的話，剛開始沒多久的廣播節目先舉行公開錄音的情形也滿常見的。最重要的是大出先生很想辦這個活動……畢竟是小型會場，只要有夕暮夕陽和歌種夜澄在就沒問題啦。」

即使聽到朝加這麼說，千佳的表情依舊陰鬱。

但由美子倒是覺得「嗯，這樣應該沒問題」，可以理解了。

雖然朝加顧慮到由美子，說是「有兩人在就能填滿會場」，但正確來說是「有夕暮夕陽在的話」。

「這不是活動形式，而是在錄音間的公開錄音吧？」

「沒錯沒錯。錄音間有很大的窗戶，客人可以從周圍觀看的那種。」

「我想也是。嗯——……即使場地很小，要是能透過公開錄音增加聽眾就好了呢。」

畢竟有就算沒收聽廣播，也會來參觀公開錄音的人，也有人是透過公開錄音得知廣播的存在。至少對節目而言應該不會有負面影響才對。

得努力加油才行。

由美子悄悄地燃起幹勁。最重要的是有工作，能夠得到工作值得慶幸。

「……………………今天的錄音已經結束了吧。辛苦了。」

以無力的聲音這麼說道後，千佳離開錄音間。

由美子與朝加面面相覷。

「……小夕陽怎麼了呢？」

「天曉得。妳問我我也不知道呀，我完全不懂那傢伙在想什麼。」

由美子這麼說，聳了聳肩。

感覺跟她實在合不來。

彼此都無法了解對方在想什麼吧。

見由美子敷衍地這麼回答，朝加目不轉睛地盯著這樣的她。朝加以手托腮，靜靜地開口詢問：

「小夕陽在學校是什麼感覺的女孩呢？」

「咦？呃，怎麼說呢？她是個完全都不講話，在教室角落乖乖待著的傢伙……？總之只能用陰沉來形容。」

「喔，小夜澄偶爾會講到呢。不過她只是比較安靜，並不是什麼都沒在做吧？小夕陽也的確有身為學生的一面呀。像是喜歡什麼或討厭什麼，成績如何之類的。我想知道這些事情，怎麼樣呢？」

突然被這麼詢問，由美子實在無法立刻回答。

儘管兩人同班，現在也會有意識到對方的時候，但基本上不會有交集。

彼此沒有交流，被這麼問也很困擾。

為何會問起這些？針對這個問題，朝加雙手交叉環胸，開口回答：

「哎呀，其實是妳們兩人錄音時的對話沒什麼同班同學的感覺，像是少了一點什麼呢。雖然不會叫妳們融洽相處，但至少再多了解一下對方的情報，如此一來便謝天謝地了。畢竟妳們難得同班嘛。」

「…………」

由美子絲毫沒有與千佳在私人時間當好朋友的念頭，在學校也不想跟她說話。

但一搬出工作的話題，由美子實在沒轍。

或許是察覺到由美子內心的這種想法，朝加露出苦笑。

輕輕拍了拍由美子的肩膀後，她露出柔和的表情，勸導似的說道：

「再稍微試著了解一下對方如何呢？」

這種時候，朝加會露出成熟的表情。明明是娃娃臉，頭髮蓬鬆亂翹又作運動衫打扮，卻讓由美子不由得意識到她是比自己年長的女性。

「……嗯，既然小朝加都這麼說了。」

由美子自然地脫口而出這樣的話。

「啊，早呀，渡邊！今天狀況如何？」

「……………………………………」

早上在換鞋區看到千佳，由美子試著活潑地向她打招呼，但對方完全被嚇到了。

嗯，這聲招呼確實有些爽朗過頭，但也用不著露出那麼驚嚇的表情吧。

「……早呀。」

千佳只悄聲低喃了這句話，便匆匆忙忙地前往鞋櫃，簡直就像落荒而逃一樣。

……我都試著拉近距離了，她表現得再稍微親切一點也不為過吧。

「早呀，由美子。妳怎麼站在這裡呀？」

「啊，早呀，若菜……呃，沒什麼啦。」

由美子呆站在原地時被若菜搭話，她疲憊地邁出步伐。

進入教室後，由美子也跟其他同學互相打招呼，態度非常自然。

為什麼面對千佳時沒辦法這麼自然呢？

「早呀——木村。」

「早呀。」

「咦？啊，早……早啊……」

由美子同樣向若菜隔壁座位的木村打招呼。

雖然舉止看起來有些可疑，但就連他也很一般地打招呼回應。

坐到座位上後，同班同學靠近由美子周圍。由美子一邊與同學聊天，同時悄悄地窺探千佳的座位。

因為她想觀察千佳在學校是什麼樣子。

「嗯？」

結果她與千佳四目相交。兩人的視線確實地重疊。

她很顯然是在注視這邊，看來似乎並非巧合。

證據就是千佳慌張地移開視線，簡直像是想說「我才沒有注意妳喔」，開始從書包拿出筆記用具。

「…………？」

這是怎麼回事呢？感覺不像是有事要找自己……

隔了一段時間後，由美子再次看向千佳，只見她已經恢復成一如往常的千佳了。

她在座位上獨自一人，沒有跟任何人交談，只是盯著手機看。

仔細一想，由美子從未看過她在學校跟其他人閒聊的模樣。

她沒有搭話的對象，也沒有人向她搭話。

由美子也曾經在反唇相譏時謾罵她這一點。

但是，看到千佳現在的模樣，由美子不禁用力握緊了手。

「…………………」

千佳一邊注視著手機，一邊在筆記上寫著什麼。手有時像是陷入沉思似的停了下來，沒多久又動了起來，重複著這樣的行動。

由美子並不曉得詳情。

但她認真的表情述說著——

那是與聲優工作相關的事情。她活用空檔時間進行現在辦得到的事情，當同班同學興高采烈地聊天時，只有她在思考重要的工作。

即使沒有其他任何人注意到，唯獨由美子可以理解。

「噯，由美子。由美子也這麼覺得吧？」

「咦？啊，抱……抱歉，什麼事？」

同班同學突然將話題轉到自己身上，由美子將視線轉回。

「真是的——好好聽人說話嘛——」她們笑著這麼說了。

由美子莫名地感到愧疚，同時回到與同學的對話之中。

炸彈是在第二堂課結束後的休息時間被拋落的。

教室陷入喧囂。吵鬧聲與拉動椅子的聲響重疊，充斥在教室裡。

「嗳——由美子。」

就在前面座位的若菜轉頭看向這邊時……

由美子同時注意到有人站在自己身旁。

她抬頭一看，發現是千佳站在那裡。這點首先讓她感到吃驚。

而且千佳說出了比這種情況更加令人震撼的話。

「佐……佐藤同學！方便的話，要不要和我一起去廁所？」

她露出僵硬的笑容，用走調的聲音如此表示。

「——啥？……啥？」

這實在太令人匪夷所思，由美子不禁目瞪口呆。這傢伙在說什麼啊？為什麼會邀我一起去廁所呀？就在那過於神祕的行動讓由美子無法做出回應時，千佳的表情忽然恢復成平常的

樣子。

「……嘖！」

她咂嘴一聲後，便匆匆忙忙地離開了教室。

咦，什麼？

剛才是怎麼回事呀？

「……呃，剛才的渡邊同學是怎麼了？看她好像很嗨的樣子……」

就連大部分事情都能泰然處之的若菜同樣目瞪口呆。由美子也無法理解究竟發生了什麼事，只能回答：「我……我不知道……」

「……啊，由美子，要不要去廁所？」

「啊，嗯。好。」

由美子就這樣在思緒一團亂的狀態下與若菜兩人前往廁所。這時她察覺到一點。

……千佳想做的事情該不會其實跟若菜一樣吧？

「一起去廁所吧」，她應該是想這麼邀請由美子吧。

呃，不過，有人會那麼用力地邀別人去廁所嗎？

再怎麼不習慣也該有個限度吧……由美子如此自言自語。

「終於到午休啦——肚子餓了——」

通知午休時間到來的鐘聲響起後，若菜發出鬆懈下來的聲音。

她將椅子轉了一圈，把便當放在由美子的桌子上。

「聽我說，由美子！我今天幫忙做了便當喔！」

「喔，很了不起嘛。難怪今天的若菜全身散發出女子力呢。」

「嘿嘿——果然看得出來嗎？我在白飯上撒了香鬆呢。」

「女子力都縮回去啦。撒個香鬆就叫有幫忙的話，媽媽會嚇到腿軟吧。」

由美子一邊和若菜聊著這些事，一邊偷窺千佳的情況。

其他學生都從書包裡拿出午餐。只有她連同書包都抓起來，很快地離開教室。由美子在那沒有一絲迷惘的動作裡，看見了她的日常。

「嗯？怎麼啦，由美子？」

聽到一臉開心地打開便當的若菜這麼說，由美子才發現自己僵住了。啊，嗯。由美子這麼回應，本想和往常一樣打開便當，卻實在無法置之不理。

「抱歉，若菜，我有點事情要辦。」

「哦？嗯——呵呵，好喔。」

由美子丟下不知何故呵呵笑著的若菜，就那樣拿著便當盒衝出了教室。

她於走廊上左右張望，在走廊盡頭找到了嬌小的背影，追了上去。

午休的走廊很多人，要追上千佳費了她一番功夫。

千佳在鞋櫃前換了鞋子，走到外面。

「……奇怪？」

因為換鞋子花了點時間，她在途中跟丟了千佳。

由美子一邊沿著千佳邁步的方向前進，同時環顧周圍。沒看到其他學生，因為前面也沒什麼特別的東西，沒有特地在休息時間過來這邊的理由。

「啊。」

她找到了千佳的身影。

在校舍邊緣的陰影處，千佳坐在因為樹木和建築物而圍成死角的地方。

手上拿著三明治的她，看也不看地啃著三明治。

然後另一隻手上拿著薄薄的本子。

雖然因為書套而看不見封面，但從本子大小與千佳眼神的熱度，可以推測出是什麼的本子。

一定是劇本。

千佳淡然地閱讀劇本的身影，讓由美子看得有些入迷。

在春日時節般的微風吹撫下，千佳的秀髮搖曳起來。

這時她注意到這邊，嚇得抽動了一下肩膀，慌忙想藏起劇本。

「……怎麼？原來是妳呀。」

發現來者是由美子後，她便鬆了口氣。

但她立刻以警戒的眼神望向由美子。

「有事嗎？竟然還特地追上來。是要切合妳那副感覺智商就很低的容貌來恐嚇勒索我嗎？」

她劈頭就講了這些惹人厭的話。

由美子感到火大，開口反駁：

「那渡邊妳是為了不被人看到自己孤伶伶地吃飯，才待在這種地方的嗎？就算是平常根本不在乎周遭的妳，也覺得被人看到自己孤伶伶地吃飯很難為情啊？」

「是呀，因為有像妳們這種誤以為只要群聚在一起就很了不起的人嘛。將那種瘋狂的價值觀強加在別人身上好玩嗎？想嘲笑我的話就儘管笑吧。」

哼——她不屑地哼了一聲後，將三明治含入口中。

「……要是我因為這樣笑妳，作為一個聲優實在太不厚道了吧。竟然像在炫耀似的把劇本帶到學校來，真是下流。」

由美子這麼指謫。結果千佳「唔」了一聲，手停住了。

她看似尷尬地移開視線。

「所……所以我才像這樣躲起來看不是嗎……我也覺得把劇本帶到學校來不太好。但既

然有時間，我想先看熟一點嘛。」

千佳露出微妙的表情，像在找藉口似的嘀咕著。

對於她這番話，由美子抱持著一種複雜的感情。這說不定是自卑感。

自己跟朋友玩樂的當下，千佳也作為一個聲優在鑽研精進。

「是哦……」

由美子在千佳身旁坐了下來。

見她打開便當盒，千佳的神色轉為疑惑。

「等等，妳為什麼要特地在這裡吃飯呀？」

「只是因為難得跑到外面來了，想在外面吃飯而已。還是說沒有渡邊的許可就不能在這一帶吃飯？這裡是妳的私有地？」

「…………隨妳高興吧。」

千佳感到氣憤，本想反駁，但由美子的話並沒有錯，她沒辦法說不行，因此乖乖地讓步了。

千佳將視線拉回劇本上，再次吃起三明治。

「……我要不要也在學校確認一下劇本呢？」

看到這樣的千佳，由美子不禁這麼喃喃自語了。但她立刻感到後悔。

因為她覺得自己這麼講，千佳一定會挖苦人般的說些「別學我」、「妳也太容易受別人

影響」之類的話。

千佳卻非常自然地做出回應：

「妳有朋友，明明不用這麼做。」

「咦？」

一開始由美子以為這是嘲諷。

但千佳的表情看不出那樣的感情，她似乎只是老實地說出感想而已。

她雙眼緊盯著劇本，小聲地低喃：

「我是因為在學校沒事可做，才像這樣利用空檔時間罷了。如果能夠兼顧聲優與普通學生的生活，我覺得那樣是最理想的吧。」

她這麼說，又咬了一口三明治。

……原來她是這麼認為的嗎？

千佳的心情令人出乎意料。而且就某種意義而言，也可以說跟由美子一樣。

在對方身上看到自己缺乏的東西，思索著相關的事情。

至少由美子似乎沒有必要擅自抱持著自卑情結。

說不定事情意外地簡單。

千佳看到快樂地過著校園生活的由美子，應該也百感交集吧。

對話在這邊結束了。

兩人都一言不發地吃著午餐。但千佳似乎覺得這種狀況很可疑。這麼說來──她開口說道：

「為什麼妳特地跑來這種地方…………啊。」

「咦？這是因為……啊。喔──……原來如此。是這麼回事呀……」

彼此都察覺到原因，不協調感逐漸消失。

千佳神祕的一起去廁所發言。

在教室感受到來自千佳的視線。

千佳也回想起由美子像這樣追在千佳身後跑來，以及早上打招呼的事情吧。

倘若是平常的兩人絕對不會做的行為。

指示她們這麼做的是──

「……小朝加嗎？」

「……是朝加小姐呢。」

事情很簡單。就像朝加對由美子說「再試著多了解一下對方如何？」一樣，千佳也被說了同樣的話。

正因如此，彼此才會做出生硬又奇怪的舉動。

然而，照朝加所說的去做，說不定是件好事。

多少理解了一點對方，雖然只是多少。

「……今天的事情說不定可以在廣播上當話題呢。」

「我覺得妳活力充沛地邀我去廁所這種事，還是別講出來比較好喔。」

「怎麼可能講出來呀……妳真傻呢。我說的是我們一起吃午餐這件事。」

「哎呀，愈來愈期待公開錄音了呢，小夕！」

「就是說呀，小夜。不過還沒有決定要做什麼對吧～？會做什麼呢？」

「編劇老師！公開錄音的劇本什麼時候完成呢？」

「……她雙手交叉環胸，仰望天花板了（笑）。」

「這樣不曉得什麼時候才會完成呢（笑）。」

「如果是現在，只要講出想做的事情，說不定可以實現喔？小夜有什麼想做的事情嗎？」

「我想吃蛋糕！」

「就算妳說出那種單純的慾望，人家也很難反應吧……（笑）。」

「哎呀，我在想搞不好他們真的會準備嘛（笑）。小夕呢？有什麼想做的事情？」

「嗯——？我想想～畢竟這是『將教室的氛圍傳遞給聽眾』的節目，真想做一點有校園風情的事情呢？」

「啊，不錯呢！因為是錄音間，沒辦法布置背景，但說不定可以帶些簡單的小道具進來！我們帶些有學校感覺的東西過來吧！」

「有學校感覺的東西……黑板？」

「太大了！太麻煩！嗯——對了！從學校借用桌子和椅子怎麼樣呢？」

「原來如此。只要有桌子和椅子，就挺有學校的氛圍呢。可是學校那邊願意借給我們用嗎～？」

夕陽與夜澄的高中生廣播！

「這算是商業用途，所以沒辦法嗎？」

「妳意外地劃分得很清楚呢（笑）。嗯——可能想些別的方案比較好？」

「有學校感覺的東西……啊，要穿著我們學校的制服舉辦活動嗎？（笑）」

「那樣才會挨罵吧～（笑）……啊，對了！請來賓穿上制服怎麼樣呢～？那樣挺有學校的氛圍吧？服裝規定就是～學生制服！」

「唔，唔唔！那樣一來，現任學生和十幾歲的人倒還好，但年紀比較大的人有困難吧？」

「……果然是那樣嗎？會變成角色扮演，他們受不了嗎？」

「問問看編劇老師的意見吧！嗳，編劇老師覺得呢？妳被要求穿制服的話會感到厭惡嗎？」

「……她看來非常排斥（笑）。」

「她真的非常不願意（笑）。雖然夜澄還挺想看的呢（笑）。那麼，果然還是別規定穿學生制服才能進場吧（笑）。」

「雖然有點想看看穿著學生制服的集團圍住錄音室的模樣呢（笑）。」

to be continued……

「說起來，差不多也得討論一下公開錄音的事情了呢。」

在一如往常的廣播錄音前的討論會議中，朝加忽然這麼說了。

朝加坐在由美子對面，此刻正從劇本中抬起頭來。

前幾天發表的公開錄音的日程慢慢地接近了。

由美子感到有些在意，看向坐在旁邊的千佳。

「公錄……」

千佳無力地如此低喃。

仔細一想，從發表要公錄時開始，千佳的言行就一直有些不對勁。

「……那個，請問公錄究竟是要做些什麼呢？」

千佳依舊愁眉苦臉，悄悄地這麼詢問朝加。

朝加露出有些意外的表情後，「呃——」她將手指貼在下顎。

「不會做多特別的事情喔？畢竟這次是在錄音間的公開錄音。就是在來賓面前普通地聊天、進行單元活動、閱讀來信等。這部分的流程會再逐步敲定就是了。」

「是這樣嗎？」

千佳冷淡地回應，但她臉上的陰霾變得更加深沉了。

原本還以為她是對「會有客人來嗎？活動會成立嗎？」感到不安。

但這反應並不是那麼回事。

看來似乎是說中了，千佳顯而易見地扭曲表情。

「渡邊，妳該不會是第一次公開錄音吧？」

「是那樣沒錯。但妳應該也沒有公開錄音的經驗吧？」

「不，我有。參加『膠女』的廣播時，我大概有兩次經驗吧。一次在錄音間，一次是以活動形式舉辦。」

由美子豎起兩根手指如是說。

「塑膠女孩」是個總之活動很多的節目，因此也理所當然似的進行了廣播的公開錄音。

由美子的答覆讓千佳瞠目結舌，然後猛烈地咂嘴回應。

「又來了。我真的很討厭妳這種地方。馬上就想擺出前輩的樣子。」

「我只是坦率地回答被詢問的事情而已耶？」

千佳的反應實在太不講理，讓由美子已經不是生氣，而是感到傻眼。

早已完全習慣如何應付兩人的朝加露出苦笑，說著「好啦好啦」。

「我們一起決定要怎麼進行活動吧。」

朝加這番話讓千佳抬起頭來。她的眼眸稍微恢復了光芒。

那個——她開口說道：

「可以做些什麼跟平常不一樣的事嗎？例如唱歌或是表演廣播劇之類的。」

「咦咦？就算說要唱歌，這個廣播節目又沒有主題曲。廣播劇也是，根本沒有題材可以演吧？」

千佳突然的提議讓朝加發出困惑的聲音。

「什麼都行。要唱什麼歌都可以，或是朗讀圖畫書也無妨。」

千佳筆直地注視著朝加，說了這樣的話。

感覺話題似乎會朝奇怪的方向前進，因此由美子插嘴說道：

「那是什麼呀？我可不想做太奇怪的事情。」

「唱歌和朗讀都很像聲優會做的事情吧。妳是不是因為打扮太奇怪，導致感覺也異於常人了？」

「我是說那樣一點都不像廣播的公開錄音會做的事情，感覺異於常人的是妳吧。就算是第一次公開錄音，也不用興奮成這樣吧。」

「是、是，又來了又來了，又開始妳最擅長的展示優越感了。妳是在實際演出惹人厭的前輩吧。」

就在兩人話中帶刺地互相爭吵時，朝加露出為難的表情。

「嗯——對不起喔，可能有點困難。而且我覺得客人還是想看平常的兩人吧。」

「看吧。」

「…………」

千佳儘管瞪了由美子一眼，卻依舊什麼也沒說地陷入沉默。

結果那天沒有更進一步的討論了。

公開錄音當天。

由美子走在指定的錄音室的走廊上。

聲優廣播的公開錄音經常會使用這間錄音室，由美子以前也來過這裡。

「喔，小夜澄。」

有人向自己搭話，因此由美子面向那邊。

正在努力準備的朝加雙手抱著行李。

就在由美子舉手想打招呼時，朝加先一步感到滑稽似的笑了。

「？怎麼了嗎，小朝加？」

「沒什麼，只是好久沒看到小夜澄作為聲優的模樣了，總覺得有種強烈的不協調感。」

「咦咦！夜澄從平常就是這種感覺了不是嗎！編劇老師，請妳別說這種奇怪的話啦——！」

由美子一邊揮動雙手，一邊發出在演戲的聲音。

朝加的笑聲變得更大，由美子也跟著笑了。

由美子現在的裝扮，跟平常的辣妹風打扮相差甚遠。

頭髮是漂亮的直髮。化妝很仔細，但絕對不會過濃。沒有配戴任何裝飾品，耳朵也沒有打洞。平常戴的是夾式耳環而不是穿洞式耳環，就是為了這種時候。

上面穿著白色上衣，下面則搭配花朵圖案的裙子，一身可愛的裝扮。

她盡力表現出外表清純、惹人憐愛的大小姐模樣。

對已經看習慣平常的由美子的人來說，大概只想問「妳誰啊」。

但是，這就是聲優歌種夜澄的形象。

「不過，今天小朝加也打扮得很可愛呢。」

今天的朝加有好好地化妝了。

她好好地梳理了蓬鬆亂翹的頭髮，衣服是白色襯衫與丹寧寬褲，戴著紅框眼鏡加強給人的印象。儘管是一身休閒打扮，卻非常適合她，十分可愛。

由美子這番話讓朝加露出苦笑。

「就算是我，在離開公司時也會好好整理儀容啦。」

「妳平常也像這樣打扮就好啦。」

由美子一邊摸著朝加的白色襯衫，一邊這麼告訴她。朝加露骨地擺出厭惡的表情。絕對不要。這次換由美子苦笑了。

簡單地打了招呼後，朝加便指著走廊盡頭。

「前面有休息室，演出者暫且在那裡等候吧。之後會去叫妳們的。小夕陽已經先進去嘍。」

哎呀——由美子如此心想。

因為由美子來得挺早的，她還以為自己會比千佳先一步進入會場。

她來得真早呢——由美子一邊想著，一邊走向休息室。「小夜澄。」這時她被叫住了。

「有件事想拜託妳聽一下……」

朝加將臉湊近，在耳邊說起悄悄話。

「是關於小夕陽。她好像非常緊張的樣子呢。」

「緊張？」

這番話讓由美子難以置信，她不禁露出疑惑的表情。

「這樣說不太好，但這種小型公錄需要緊張嗎？那傢伙經歷過非常大規模的演唱會和活動，我想應該不會有這種事吧。」

「我原本也是這麼想的……我告訴她不會有什麼難題，用不著那麼緊張，但好像一點用也沒有。」

朝加看似苦惱地嘆了口氣。

即使如此，由美子依舊難以理解。

夕暮夕陽有唱動畫的主題曲，會參加大型的動畫歌曲聯合演唱會，曾在多到令人頭暈目眩的大眾面前唱歌過。除此之外，理應也很習慣在遊戲或動畫的活動中拋頭露面。

「是不是哪裡搞錯了？或者她不是緊張，而是身體不舒服之類的。」

「不，那是在緊張喔。她一臉對某些事感到非常不安的表情。」

朝加如此斷言。既然她這麼說，應該是那樣沒錯吧。

該怎麼辦呢——就在由美子雙手交叉環胸時，朝加靜靜地接著說道：

「嗳，小夜澄，妳可以聽一下小夕陽怎麼說嗎？雖然我講了也一點用都沒有，但如果是小夜澄說的話，她應該會聽吧。」

「小朝加講了也沒用的話，就算我去講應該也是白費功夫吧。」

「沒那回事喔。」

朝加和善地露出微笑，拍了拍由美子的手臂。

「是那樣嗎？」儘管抱持著疑問，由美子仍先點頭答應了。

由美子打開休息室的門，裡面似乎跟間小型會議室差不多。

感覺就像把平常討論廣播節目時使用的房間變大一樣。

空間裡擺放著長方形的桌子，桌上並列著寶特瓶裝的飲料和點心零食。

一個女孩子站在這樣平凡無奇的房間裡。

「——哇。」

由美子瞠大了眼，因為是個異常漂亮的女孩子。

將亮麗的秀髮細緻地編起，氣質高雅的髮型非常時髦。

清澈的眼眸、水嫩動人的肌膚、形狀漂亮的嘴唇。這些要素藉由化妝整理得更加完美，主張著宛如花朵般的可愛與俏麗。

她穿著白色連身裙。

那非常適合她清純的外表，有一種吸引人目光的魔力。

啊，有美少女，這種地方有位美少女。

這幕光景讓由美子有一瞬間呆住。但她立刻猛然回神，出聲說道：

「早安，我是歌種夜澄。今天請多多指教。」

「啊，早安，我是夕暮夕陽。我才要請妳多多指教。」

兩人禮貌地互相打招呼，以對方能夠容易聽清楚的音量，還低頭鞠躬。

然後仔細地消化彼此的招呼後，由美子「嗯？」一聲地抬起了頭。

視線對上了，與那個眼睛圓滾滾的漂亮女孩子。

不過，下個瞬間，兩人都看似不愉快地扭曲了表情。

那表情讓由美子得知眼前的少女是自己認識的人物。

「……妳是渡邊啊。我還以為是初次碰面的同業。妳跟平常差太多了吧。」

「那是我的臺詞吧。妳才是變裝也該有個限度，完全是不同人了。」

由美子感到傻眼，千佳聳了聳肩，你一言我一語。

由美子感到疲憊似的嘆了口氣後，坐到椅子上。

……她側目瞥了一眼，千佳端正的容貌映入眼簾。

長得真好看。明明平常陰沉又不引人注目，但現在的她真的十分惹人憐愛。夕暮夕陽果然很可愛。仔細一想，這還是第一次在近距離看到她作為聲優的模樣。

「……怎樣？」

「嗯。沒事，沒什麼。」

由美子目不轉睛地觀察千佳的臉，結果被千佳發現了，因此她隨便敷衍過去。

由於實在太過漂亮，忍不住一直看——這種話打死也說不出口。

兩人之後沒有特別交談。

「…………………」

相對地，即使不願意，也會擔心千佳的情況。

她心神不寧地在房間裡不停繞圈子。

她在緊張，而且非常顯而易見。

朝加說的似乎是真的。

之後進行了討論與排演，但千佳的情況仍然沒變。

「……這活動應該不會讓人嚇成那樣吧。」

由美子坐在活動正式開演時會坐的座位上，低聲地喃喃自語。

現在由美子她們所在的錄音間，跟平常錄音使用的錄音間相差不大。

有桌子、有椅子、有麥克風，廣播錄音會使用的東西都齊全了。

最大的差別只有一點。

就是牆壁有一部分是玻璃窗，來賓可以從那裡觀賞錄音時的景象。

有來賓觀看錄音時的景象，雖然多少會讓人感到緊張，但不會不安。

因為就算與來賓有交流，結果要做的仍是廣播節目的錄音。

不過，坐在一旁的千佳十分反常。

「……小夜澄？」

朝加以一臉不安的眼神看向由美子，由美子只能回以難以言喻的表情。

千佳根本沒注意到兩人這樣的眼神交流。

她就這樣纏繞著厚重的緊張感，只等著開演時間到來。

兩人回到休息室，在輪到自己出場前先待命。

千佳已經不會在休息室裡繞圈子了。

相對地，她坐下不動。她將身體靠在桌上，雙手十指交握，就這樣一動也不動。

「…………………」

由美子嘆了口氣。

聽到朝加說「希望妳聽聽她怎麼說」時，老實說由美子想著「憑什麼我得這麼做」。就算是廣播節目的搭檔，為何自己非得照顧那個討人厭的女人啊？她如此心想。

但是，不是說這種話的時候了。

照這樣下去，會對活動造成影響。

「……噯，渡邊，妳到底在緊張什麼呀？一點也不像妳。」

千佳緩緩地抬起頭，用像在瞪人的眼神看向這邊。

感覺沒有平常那種魄力，是因為化妝隱藏住她凶狠的眼神吧。毫無壓迫感，是以由美子得以流利地說出接下來的話。

「妳應該經歷過更大規模的演唱會和活動吧。我很難想像妳會膽小到因為小規模的公錄而不知所措。」

聽到由美子這麼說，千佳露出有些諷刺的笑容。

哼——她不屑地笑。

「講得真了不起。妳這是在擺老資格嗎？我之前也說過，以演員的年數來說的話，我才是前輩喔。」

千佳這些討人厭的話讓由美子輕輕嘆了口氣。

她這些倘若是平常會讓人感到煩躁的話語，因為知道是很明顯的虛張聲勢，此刻也不覺得火大。

步調都被打亂了。由美子一邊想著，一邊坐到千佳對面。

「我也再說一次，若是以聲優來說，我才是前輩。特別是關於偶像聲優這方面，我的經驗比較豐富。妳要是有什麼問題，就說出來看看啊。」

見由美子以成熟的態度對應，千佳咬了咬嘴唇。

「我真的很討厭妳這種地方……」她充滿憎恨地低喃，接著沉默了一陣子。「偶像聲優——」然後像這樣重複了由美子說過的話。

「嗯？」

「我不是很懂那到底是什麼。觀眾是期待歌曲和舞蹈才會來演唱會。如果是遊戲或動畫的活動，他們觀賞的是出自那部作品的東西……可是，這個活動不一樣，不一樣呀。觀眾不是來欣賞遊戲或歌曲，而是來看我們本身的。」

「……那樣有什麼問題嗎？」

「問題可大了！」

千佳大聲說道，差點要站了起來。

但她猛然回過神，戰戰兢兢地重新坐下。

可以看到她十指交握的手顫抖個不停。

她好幾次重新交握十指，但顫抖仍未消失。

千佳就那樣顫抖地開口說道：

「……我不懂夕暮夕陽的魅力是什麼。我不覺得沒有唱歌，也不是在展現演技的我有任何價值，只是在講話的我毫無力量可言。明知如此，接下來卻必須在眾人面前那麼做才行喔。」

伴隨沉重的聲音，她如此說道。

不過，她的煩惱讓由美子感到困惑。

「不，等一下喔。那樣的話，我們平常的廣播節目是什麼情況呀？那節目也是為了收聽夕暮夕陽聊的話題，沒在唱歌也不秀演技吧。今天也跟那種情況沒什麼兩樣啊。」

由美子忍不住這麼插嘴。

因為千佳言下之意是她平常能辦到的事情，現在要做卻有困難。

照平常那樣做不就好了嗎？

然而，千佳否定了那個「照平常那樣」。

「那個廣播節目我也總是覺得內心有疙瘩，因為一直在展現虛偽的我給粉絲看，因為會重新認識到這點、會被迫面對現實，我才覺得害怕……我討厭這個角色喔。整個人都很虛偽的偶像聲優夕暮夕陽，我根本不曉得她的魅力在哪，觀眾卻想看她。我不曉得應該怎麼做才好……」

千佳低下了頭。

由美子注視著她依舊顫抖著的手，緩緩地吐了口氣。她也理解原因了。

很像千佳的作風呢——由美子心想。

對身為偶像聲優的自己抱持疑問。

對展現出另一個自己感到痛苦。

正因為是她才會有的糾葛。

因為感到痛苦、不曉得答案，才會轉變成緊張顯現而出。

由美子心想千佳還真是認真呢，但立刻念頭一轉，對啊，她原本就很認真。

她是那種因為在學校孤單一人，多了空閒時間就仔細閱讀劇本的女人。

「渡邊。」由美子呼喚她的名字。

千佳緩緩地抬起頭來，表情卻依舊陰沉。

「妳的煩惱呀。」

由美子對那樣的她說出了答案。

「真的是毫無意義。」

「毫……！」

由美子拋下的這番話，讓千佳氣得滿臉通紅。

簡直宛如感情沸騰了一樣，她氣勢猛烈地站了起來。

「又來了！我真的很討厭妳這種地方！」

她大聲喊道。

她深深地蹙起眉頭，在雙眼中浮現怒色，同時將手指比向由美子。

「啊，沒錯，妳就是這種人！為什麼像妳這種人——」

「慢點慢點慢點，妳冷靜一點啦。坐下吧。」

由美子強硬地安撫著激動起來，準備破口大罵的千佳。

坐下吧——由美子指了指。千佳看似不愉快地皺起臉。

但她似乎在態度和平常不同的由美子身上感受到什麼，乖乖地重新坐下了。

停頓了好一陣子後，由美子開始說道：

「我的意思是根本沒關係喔，渡邊。縱使妳對自己抱持疑問，或是感到煩惱，這些都跟觀眾無關。怎麼能夠因為這種事情降低演出品質呢？妳是職業的吧。既然是職業的，首先應該考慮如何讓觀眾在回去時覺得『啊，今天的夕姬棒透了。好開心啊。』倒不如說，只要專心思考這一點就好了吧。」

「…………………」

對於由美子這番話，千佳開口想說些什麼。

但她只是張開嘴，那些想法沒有化為言語。

「雖然我是被前輩說了這些話啦。」

由美子接著如此說道。可以看出千佳緊繃的肩膀稍微放鬆了力量。

「渡邊，手伸出來。」

「……………？」

千佳感到困惑，卻依舊乖乖地伸出了手。

由美子用自己的手包住千佳的手。

千佳的手抽動了一下，但沒有收回去。

她的手在由美子的手中不停顫抖著。

「妳要是覺得不安，只要看觀眾的表情就行了。一旦看到觀眾的笑容，妳抱持的不安一定很快就會消散。將觀眾追求的形象，照他們追求的樣子展現出來就好，如此一來他們便會感到開心。即使如此，仍無法消除不安的話——嗯，那就看看一旁的我吧。若能意識到妳不是一個人，感覺多少會好些吧。」

「佐藤……」

「不過就憑我，或許不怎麼可靠就是了……」

雖然一副了不起似的試著說教，但唯獨這點實在無可奈何。

或許沒什麼說服力。

無論實力或人氣，都是千佳比較強。由美子實在很難主張「儘管依靠我吧」。

但是千佳沒有甩開由美子的手，她戰戰兢兢地回握。

千佳的手十分冰冷，由美子的體溫逐漸地流向千佳。

「……………」

千佳的顫抖慢慢地平息下來。或許是感受到體溫，讓她覺得安心許多了。

正好就在這時，有人敲了敲門，千佳試圖鬆開手。

但由美子用力握住，不放開她。

是由美子的意圖傳遞給她了嗎？千佳放鬆了力量。

「時間到了。」

打開門的是工作人員。

兩人回應並站起身，就這樣手牽著手，順從工作人員的引導。

她們沿著通往錄音間的走廊前進。由美子在握著手的狀態下帶頭，千佳默默地跟了上去。

兩人站在門扉前。

「好，走吧。」

由美子這麼向千佳說道。

千佳的表情仍舊一樣緊張，而且十分僵硬。

但是比剛才要好一點了，雙手也已經停止顫抖。

千佳的眼神鼓起幹勁，點了點頭。她向前踏出一步。

由美子打開了門。

「……喔喔。」

可以看到在錄音間外面有許多人。

並列的人群在直到剛才為止都還沒有任何人的空間打造出人牆，人多到甚至看不見盡頭，只能看出有人在排隊。

兩人一露面，他們便綻放笑容，用歡呼與掌聲迎接。

等好久啦！

一直很期待今天喔！

彷彿可以聽見這樣的聲音。瞬間，由美子身為偶像聲優的開關打開了。她面帶笑容，用力揮舞著手。有好幾個人同樣地揮手回應，還有好幾個人含蓄地輕輕揮手。

看啊，渡邊。

面對這樣的觀眾，有什麼好感到不安的呢——她看向一旁……

啊，不行啊——她心想。

「沒——沒問題的，沒問題……！」

千佳露出笑容，這麼說道。

她的笑容僵硬到令人吃驚，聲音也止不住顫抖。

原本穩定下來的手又開始顫抖了。哆囉哆嗦！她反倒顫抖得更加厲害了。

「就……就跟妳說的一樣呢。完……完全……完全沒……沒事。」

明明直到剛才還多少冷靜了一點，但一看到觀眾在眼前，很多東西似乎都飛到九霄雲外了。

……啊，真沒辦法。

由美子在邁出步伐的千佳前面伸出了腳。

「咦，啊，哇——！」

由美子猛然放開手。

腳被絆到的千佳就那樣摔了好大一跤。

她從臉部啪咚！一聲地衝撞上地面。

「呼嘎！」她發出哀號。

錄音間外面一下子騷動起來。

「妳……妳做什麼——」

千佳抬起頭。

由美子在快要發出本貌聲音的千佳面前蹲下。噓……她這麼將手指貼在嘴唇上。

因為背對著觀眾，由美子的聲音只有千佳才聽得見。

「看著吧，渡邊。觀眾不是應該害怕的存在，而是指會給我們勇氣的人喔。」

她不等千佳回應就站了起來。

她重新打開歌種夜澄的開關，露出開朗的表情，活力充沛地大聲說道：

「各位觀眾，大家好——！我就直說了，小夕因為緊張僵硬到不行！甚至還跌倒了！為了讓小夕振作起來，請大家替她加油打氣——！」

觀眾們立刻給予反應。

「夕姬——！」「用不著緊張喔——！」「慢慢來吧——！」「看來好像很痛，妳還好嗎——？」

這樣的話語重疊起來，落入耳中。都是一些顧慮到這邊的內容。

由美子轉過頭來，對抬頭仰望這邊的千佳揮動雙手。

「小夕——！妳還好嗎？」

她一邊這麼說，一邊卯足全力擺出瞧不起千佳的表情。

與此同時，她幫忙隱藏住千佳的臉，避免被外面的人看見。

可以看到千佳的表情一臉怨恨地扭曲起來，氣憤地咬牙切齒。就憑化妝也無法掩飾過去的憎恨浮現而出。

千佳也很清楚，為什麼由美子會採取這種強硬的策略。

話雖如此，也用不著這麼做吧——彷彿能聽見千佳如此抗議的聲音。

不過，事到如今已無法退縮。

千佳輕快地當場站了起來後，朝外面揮動雙手。

「各位觀眾，大家好。謝謝你們。雖然我一直很緊張，但託大家的福，我沒那麼緊張了～」

她用悠閒的聲音說道，並露出微笑。

不是剛才那種僵硬的笑容。

「哎呀——太好了！我還在想不曉得會變怎樣呢！」

不過，由美子一這麼說，千佳立刻鼓起臉頰。

彷彿能聽見「氣噗噗」的音效一般，她激動地舉起雙手。

「等一下，等一下喔，小夜！各位觀眾，請聽我說喔！我剛才之所以會跌倒，是因為小夜絆住我的腳喔！」

「夜澄，才沒有，做那種事。小夕，只是在什麼都沒有的地方，跌倒了而已。」

「為什麼語調像機器人一樣呀！算了，我問觀眾他們！各位觀眾——！剛才看到小夜絆我腳的人請舉手——！」

千佳揮動著手，同時如此大聲詢問觀眾。

有幾個人舉起了手。

千佳將雙手大大地攤開，大聲說道「妳看——！」

「嗯，對不起，我絆倒妳了。害妳覺得很痛呢，對不起喔。」

「妳的坦率道歉只是這樣？總覺得沒辦法接受耶！」

「我是想讓妳別那麼緊張才惡作劇的啊。夜澄以為妳頂多『哎呀呀！』一下就沒事了，沒想到小夕會這麼遲鈍……對不起。」

「小夜，妳這已經是單純在講我壞話了吧！雖然是一直很緊張的我不好啦！但應該有其他更好的方法吧！」

「好的，就是這麼回事。終於開始了，『夕陽與夜澄的高中生廣播！』公開錄音！」

「別擅自開始節目！我的話還沒說完喔，妳有在聽嗎？」

由美子裝傻的態度與對此感到氣憤的千佳，兩人這樣的交流讓觀眾笑了。

現場被柔和的笑聲包圍住。

對於靠簡單的裝傻與吐槽就會捧場地回應笑聲的觀眾，由美子打從心底感謝他們。

可以感受到被強硬地拉上台的情緒與觀眾的笑聲，讓千佳原本僵硬的動作放鬆下來。已經可以安心了吧。

啊，真會讓人操心——由美子在內心鬆了一口氣。

「謝謝各位——！」

「謝謝各位～！」

見兩人一起面帶笑容地揮手，觀眾送上熱烈的掌聲。

「夜夜——！」「夕姬——！」從外面響起好幾個這麼呼喚的聲音。

由美子她們在這些觀眾的目送下，離開了錄音間，來到走廊上。

兩人消失來到走廊上後，掌聲慢慢地平息下來。

呼——由美子吐了口氣。順利結束了。幸好什麼事也沒發生——她鬆懈下來。

之後請小朝加稱讚自己一番吧……

就在由美子這麼心想時，突然有人推擠他的身體。

只見千佳低著頭，將頭部靠到由美子的胸口上。

「……怎麼了嗎？」

即使這麼搭話，千佳依舊什麼都沒回答。

是感動到不行嗎？

對於活動的成功、觀眾的歡呼聲，以及完成工作的成就感。

畢竟她原本感到那麼不安，會這麼感動也不奇怪。她出乎意料地有著可愛的一面。

要不要跟她說些什麼呢？就在由美子正想開口時，「佐藤。」千佳發出了意外地沉著的聲音。

「妳是隸屬於巧克力布朗尼沒錯吧。」

「咦？……是那樣沒錯，怎麼了？」

為何會突然提起隸屬的經紀公司？

就在由美子感到困惑時，千佳猛然抬起頭。

在身體彷彿要黏住一般的近距離下，千佳從正面瞪著由美子。她以意志堅定的聲音說

了：

「我遲早會正式地從藍王冠向巧克力布朗尼提出控訴，控訴隸屬於貴公司的藝人使用暴力，在活動中羞辱了敝公司的藝人一事！」

「慢……慢點慢點，為什麼會變成那樣呀？」

講得太誇張了吧——就在由美子感到傻眼時，千佳氣憤得瞠大了眼。

她將食指比向由美子這邊，簡直像是要露出獠牙一般，激動地吶喊。

「誇張？妳在那麼多人面前讓人摔了好大一跤，竟然還有臉講這種話呢！害我不知道丟了多大的臉……！妳下次再做出一樣的事情，我一定會要妳跟經紀人被開除。勸妳先做好覺悟。」

「妳讓人負起責任的方式還真殘酷呢……我說啊，渡邊。」

由美子嘆了口氣。

該不會她什麼也不明白吧？是否應該從頭開始說明？想到這樣的可能性，由美子彷彿要全身無力了。

就在她無奈地想開口說明時，千佳迅速地將身體移開。

「我的意思是拜託妳不要再那麼做。我會努力不讓事情變成那樣的。」

宛如要擠出聲音似的說完後，她邁出步伐前進。

由美子呼一聲地吐了口氣，輕輕搖了搖頭。

既然她不會再表現出那樣的失態，由美子也用不著做那種事。

雖然很像千佳愛逞強的作風，但這似乎是她用自己的方式在表明決心。

不過，她實在太不坦率了。真沒意思。

由美子與千佳並肩而行。

千佳看也不看這邊，依舊面向前方走著。由美子也效法她，做出同樣的舉動。

然後向她說了一句話。

「小夕，謝謝呢？」

「真是感謝妳，幫了我大忙。託妳的福，活動沒有失敗，順利落幕了！」

簡直像是自暴自棄似的吶喊的千佳漲紅了臉，強烈地顯現出她的懊悔。

由美子不禁笑了出來。

對於壓低聲音笑著的由美子，千佳扭曲嘴角，卻也沒有抱怨。

笑了一陣子後，由美子輕輕地朝千佳伸出拳頭。臉依舊面向前方。

千佳只是稍微瞥了那拳頭一眼，看都不看由美子的臉。

但她默默地伸出手，與由美子擊拳。

「呃——化名大叔臉的高中生同學。『夜夜、夕姬，早安——！』早安——！」

「早安——！」

「『我跟兩位同樣是學生。最近的樂趣是在放學回家途中買零食來吃。不知道兩位平常會買零食來吃嗎？』……他這麼問呢！小夕會嗎？」

「嗯——？我想想喔，我可能很少那麼做吧？啊，不過，我滿常喝那個的喔，就是在自動販賣機能買到的味噌湯～」

「妳買的東西也太酷了！……話說那個算是買零食來吃嗎？（笑）」

「不算嗎？（笑）那小夜妳呢——？會買零食來吃嗎？」

「夜澄滿常買的喔——！從學校到車站的路上有商店街對吧？……啊，對不起喔，這是當地人才知道的事情（笑）。」

「當地人才懂呢～（笑）妳會去商店街的什麼店呢～？」

「肉店！那裡的可樂餅超級好吃，我經常在回家路上邊走邊吃喔！」

「……嗯？居然是可樂餅？為什麼會在肉店買可樂餅呢？」

「咦？妳問為什麼……為什麼？」

「嗯嗯嗯～？剛才小夜在講肉店的話題對吧？還是在講可樂餅店的話題呢？是我聽錯了？」

夕陽與夜澄的高中生廣播！

「妳沒聽錯，是肉店沒錯喔！我是在講我到肉店買了可樂餅的事情喔？」

「肉店沒有賣可樂餅吧？」

「咦？」

「欸？」

「…………啊啊，原來如此，是這麼回事呢。呃，小夕？有很多肉店也會賣可樂餅喔！」

「……咦咦，騙人的吧？只是小夜去的店家比較特殊而已吧。畢竟是肉店呀，賣炸的東西很奇怪吧？」

「沒那回事喔！妳看——！編劇老師也說『不，一般都會賣』耶！」

「………………騙人的吧。」

「真的啦（笑）。要不要下次一起去？在放學回家時繞去逛逛吧！」

「咦咦——……真的有賣嗎？照理說是肉店對吧？為什麼會有可樂餅呢～？」

「妳問夜澄這種事，人家也不知道呀（笑）。」

to be continued……

ＯＫ了——因為聽見這樣的聲音，由美子緩緩地拿下耳機。

是因為直到剛才都還在播放結尾ＢＧＭ的緣故吧，一拿下耳機，總覺得錄音間裡異常地安靜。

由美子將手伸向自己帶來的水壺。就在她滋潤喉嚨時，有人從對面向她搭話。

「——噯，佐藤。」

千佳靠在椅子上，瞪著由美子這邊。她的眼神依舊凶狠。

換季結束後，現在兩人都穿著夏裝——也就是短袖的上衣。

上衣外面還套著夏季針織衫。由美子的是焦糖色，千佳則是白色。

千佳看來非常不高興似的開口了：

「妳可以別用那種奇怪的方式展示優越感嗎？竟然賣弄那種奇怪的知識來嘲笑別人，實在太過分了吧。我真的很討厭妳這種地方。那種做法也會給節目造成困擾吧。差點就要變成播出事故了。」

「啥，妳突然在講什麼？」

對於千佳莫名其妙的痛罵，在火冒三丈前，由美子先感到困惑。她在說什麼呀？

「……我想應該是在講可樂餅的事情喔。」

「啊——那件事？」

聽到一旁的朝加這麼說，由美子總算弄明白了。是在講可樂餅的事情呀。

由美子聳了聳肩，同時輕輕擺了擺手。

「是說肉店的可樂餅呀。哎呀——因為我沒預料到渡邊同學居然不曉得那樣的常識，真是對不起呢。我道歉我道歉。」

「……麻煩別強迫推銷妳的常識。雖然朝加小姐好像知道，但一般人才不曉得那種事情。畢竟那樣太奇怪了吧，肉店居然在賣炸的東西，我從沒聽說過，聽眾絕對也不知道。」

千佳氣憤地大聲說道。

啊——啊，用一句「我以前都不曉得」來結束那個話題的話，明明還能受點輕傷就沒事的。

那麼，要怎麼揶揄她好呢？

「……小夜澄，妳別太欺負她啦。小夕陽也冷靜一點吧？」

朝加的調解讓由美子噘起嘴唇。

「小朝加真是溫柔呢。」

看到這幕景象，千佳抿緊嘴唇。她似乎察覺到情勢不對勁。

「肉店通常都有賣可樂餅喔。也聽聽看錄音間外面的人怎麼說吧。」

見朝加望向控制室，全場一致同意「通常都會賣」。

那一瞬間，千佳的臉猛然漲紅了起來。

她喀噠一聲地拉開椅子。在她起身到一半時，朝加連忙出聲說道：

「哎，哎呀，嗯，我明白喔，肉店賣炸物感覺確實挺妙的，而且平常不逛肉店的話，就算不知道這件事，也沒那麼奇怪喔。」

簡直就像在制止狂暴的馬兒一般，朝加將雙手放到前方，勸說著千佳冷靜下來。

千佳「咕唔唔」地露出難以言喻的表情。

這也難怪，畢竟剛表現出自己有多無知，她肯定感到羞恥不已吧。

不過，朝加這麼安撫她的話，這個話題應該會就這樣風平浪靜地結束吧。

事情可沒那麼簡單。由美子像在揶揄似的出聲說道：

「哇——妳好傻好天真——」

「————！」

千佳連耳朵和脖子都通紅起來，臉上逐漸轉變成滿是屈辱的表情。

「我……我回去了！大家辛苦了！」

她自暴自棄似的大聲說道，手忙腳亂地開始打包收拾。

朝加眺望著千佳的模樣，一臉同情似的開口說道：

「……小夜澄，別再鬧她了啦。妳這樣很像小學男生喔？就算女高中生不曉得肉店在賣什麼，也沒什麼奇怪的啦。倒是妳，不妨真的帶她去逛逛如何？」

「不要。那傢伙絕對是那種會在買可樂餅時說什麼『沒有叉子嗎？』的人。」

「筷子！吃可樂餅時要用、筷、子！」

千佳在最後大聲地如此吼道後，開門離開了現場。

由美子與朝加面面相覷。

兩人一起擺出大口咬住可樂餅的動作。不會用筷子。

「看吧。」

由美子聳了聳肩，朝加只能回以苦笑。

那次錄音之後，過了幾天的放學後——

教室籠罩在解脫感當中，由美子悠哉地準備要回家。

「那再見嘍，由美子。我今天要打工，先走嘍～」

若菜搖了搖手，就那樣小跑步地離開了教室。

我也回去吧——由美子如此心想並站起身，這時有兩個同班的女生向她搭話。

「噯噯，由美子，妳今天有空嗎？接下來要不要一起去玩？」

「喔——好呀好呀。要去哪玩呢？」

由美子立刻一口答應，她們的表情頓時明朗起來。這個嘛——她們準備接著說下去。

「對不起。我有事找她，今天可以請妳們算了嗎？」

冰冷的聲音讓她們嚇了一跳。

已經準備好要回家的千佳，不知何故就站在附近。

不僅如此，還向她們宣告莫名其妙的話。

「……咦，啊，這樣子啊……那我們就兩個人去嘍？」

就在由美子感到困惑時，兩名女生像逃跑似的離開了。

由美子目瞪口呆了一陣子，原本站起身的她又坐了回去。「搞什麼呀。」她這麼看向千佳。

「佐藤，妳能回去了嗎？妳準備好要回家了嗎？」

「是準備好了啦。有事是什麼事呀？」

是工作的事嗎？由美子乖乖地等千佳說明。

見她如此詢問，不知何故，千佳當場做起了深呼吸。

搞什麼？怎麼回事啊？就在由美子感到困惑時，千佳砰一聲地敲打桌子。

「好痛……」

「……妳到底想做什麼呀？」

千佳似乎太用力敲桌了，她一臉疼痛似的搓揉著手。

由美子傻眼地看著那樣的她。千佳將另一隻手放到桌上。

她雙眼鼓起幹勁，下定決心似的開口說道：

「希……希望妳陪我去一個地方。」

「啥……？渡邊妳要我陪？不不，為什麼我得……」

「別說這麼多了。好啦，拿起書包。」

千佳失去冷靜，感到為難似的說道。她很明顯地在瞎忙一場。

雖然不曉得理由，但千佳居然會主動提出邀約，應該是有什麼情非得已的原因吧。

儘管由美子沒有義務要奉陪，也可以冷冷地拒絕她，但……

「唉……真是的。好啦，我書包拿好，站起來了。這樣可以嗎？」

隨妳高興吧——由美子照著千佳說的做。

下個瞬間，千佳抓住了由美子的手。

咦？由美子不禁如此喊出聲。

千佳溫柔地包住由美子的手，順勢拉了起來。

由美子差點跌倒，不禁用力地回握住千佳的手。

千佳稍微瞄了一下這邊。但她什麼也沒說，拉著由美子前進。

由美子不知為何無法抵抗，兩人就這樣手牽手沿著走廊前進。

千佳的手很小。由美子看向她充滿女孩味的纖細指尖，十分柔軟水嫩。

雖然公錄時也有手牽手，但那時根本沒有餘力仔細觀察。千佳的手依舊冰冷，原本以為

是因為緊張的關係，但看來似乎是她體溫本來就很低。感覺有一點舒適。

「……妳太用力握住的話，感覺挺痛的耶。」

「咦……啊。抱……抱歉。」

由美子慌忙地鬆開手。看來她似乎是不小心太過用力的樣子。

「握著手也無所謂喔。畢竟手牽著手一起放學回家，感覺就很像好朋友一樣。」

「……又不是在辦活動，沒必要表現出感情很好的樣子吧。先別提這些，渡邊，妳說有事到底是什麼事呀？是關於廣播……」

由美子話說到一半時，千佳「噓……」地將食指豎立在嘴唇前方。

「我不想在學校聊這些事情，所以才會像這樣帶妳出來呀。」

離學校有些距離後，周圍的人慢慢地變少了。這樣的話，跟她交談似乎也沒問題。

「所以？為什麼我會像這樣被帶出來呢？」

「可樂餅。」

「啥？」

「可樂餅……妳不是說會帶我去肉店嗎？」

千佳將視線從由美子身上移開，像在悄悄低喃似的說道。

千佳這番話讓由美子湧現驚訝與傻眼的感情。千佳會在奇怪的地方把別人的話當真呢。

「我是說過啦。但我不是認真的耶……還是說渡邊，妳其實很想吃可樂餅？」

「並沒有。要說我喜歡還是討厭可樂餅，其實哪邊都算不上。只是我覺得既然在廣播節目裡說了會去，就非得去一趟才行罷了。」

「妳還真老實呢……我覺得也沒必要做到那種程度就是了。」

由美子一邊這麼說，一邊將頭髮纏繞到手指上。

那時說的話根本沒什麼意義，那是僅限於當時的歡樂對談，只是當成沒什麼現實感的輕鬆話題在聊罷了。下次錄音肯定就不會提到了吧。

或許是注意到由美子話中蘊含著「用不著特地實行也無所謂吧？」這樣的言外之意？千佳抬頭仰望這邊。

「身為聲優的我們，跟平常的自己相差很多吧。」

「嗯，判若兩人呢。感覺全身上下都是謊言。」

「沒錯，全身上下都是謊言喔。那麼至少我想努力讓那些謊言變少一點。」

千佳依舊面向著前方，自言自語似的低喃。

從她的側臉無法看出任何感情。

她這番話給由美子一種好像很意外，又不是多意外一般，難以言喻的輕飄飄感觸。

「……真了不起呢。」

悄聲低喃出來的話語，讓由美子自己也吃了一驚。

不妙。這麼講的話，千佳一定又會回上一兩句挖苦的話吧。

千佳驚訝地瞠大了眼，就這樣看著由美子僵在原地。

但從她嘴裡冒出的話並非挖苦。

「……不，沒那回事。沒什麼。」

千佳稍微移開視線，嘴裡嘟噥著什麼。

她做出這種出乎意料的反應，讓由美子什麼也說不出口。

一種非常難為情的沉默飄散在兩人之間。

不過，千佳呼一聲地吐了口氣，表情蒙上陰影。

她接著說出口的話滲透出陰暗的感情。

「其實我很想停止撒謊這個行為本身。我其實也不想再繼續扮演虛構的形象或是做些彷彿偶像的事情，我明明想專注在只配聲音的工作上。」

這是在自言自語吧，是忍不住發出來的牢騷。

看到平常的千佳，感覺她要像那樣扮演虛構出來的形象，似乎很痛苦。這沒什麼好意外的。

但是，兩人的關係也沒好到會在這裡安慰她「真是辛苦呢」。千佳也沒有這麼期望吧。

由美子決定當作沒聽到，面向前方。

她們很快就到達目的地。

真的只是一間平凡無奇的肉店。

商店街的肉店。在大型櫃臺裡擺設著許多肉類，與標明部位和價格的牌子放在一起。裡頭站著店員。店員一邊和客人聊天，一邊包裝著肉。

由美子在跟肉店有些距離的地方停下腳步，指著肉店說「這裡」。

見狀，千佳的表情瞬間嚴肅起來。

「……佐藤，這裡是普通的肉店耶。」

「所以我就說是那樣了啊。」

由美子一邊嘆氣，一邊靠近店家。

店員阿姨一注意到由美子，表情便明朗起來。

「哎呀，今天跟朋友一起？」

我們不是朋友。

「沒錯沒錯。所以今天請給我兩個可樂餅。」

由美子豎起兩根手指，阿姨便迅速地將可樂餅裝入防油紙袋。這期間，由美子將可樂餅錢放到收銀機旁邊。

「拿去吧。這是剛剛才炸好的，還熱騰騰的喔。」

「喔——太棒了。謝謝阿姨。」

由美子接過可樂餅，回到呆站在原地的千佳身旁。

千佳瞠大了眼，小聲地喃喃自語。

「真的有可樂餅出現了……」

「給妳。六十圓喔。」

「而且好便宜……」

千佳儘管目瞪口呆，仍拿出錢包，將零錢遞給由美子。

由美子收下零錢，將可樂餅交給千佳。

千佳一臉認真地注視可樂餅，當真是感到很不可思議的樣子。「可以吃嗎？」她用眼神如此詢問，因此由美子用手勢告訴她「請用」。千佳非常客氣地將嘴湊近可樂餅。

「啊。這好像是剛炸好的，妳吃的時候小心燙喔。」

「……麻煩別把我當小孩子看待。我開動了……啊唔。好燙！」

「我說妳啊……」

明明常說別人的打扮感覺智商很低什麼的，但怎麼看都是千佳要蠢上許多吧……就在由美子感到傻眼時，千佳一邊呼呼地吹氣，一邊搖了搖頭。

「不……不對，我是說很溫暖喔……」

千佳的小嘴冒出白色熱氣。她被可樂餅燙得大口呼氣好幾次，在一番纏鬥之後，總算咕嚕一聲地吞進嘴裡。

接著，千佳的動作忽然停止了。她目不轉睛地注視著可樂餅。

「好好吃……我說不定是第一次吃到這麼好吃的可樂餅……」

「而且還是剛炸好的呢。」

雖然由美子這樣說，但不曉得千佳有沒有聽見，她默默地吃起第二口。她一邊感覺很燙似的吹氣，同時一臉滿足似的品嚐著可樂餅，這種模樣還挺可愛的。

要是平常也這樣就好了呢——由美子如此心想的同時，也咬了一口可樂餅。

卡滋——響起了清脆的聲響。熱氣噴了出來，熱燙的餡料撲向嘴裡，暖呼呼地在嘴裡滾動。在外皮酥脆的口感之後，馬鈴薯的香氣與味道一口氣擴散開來。而且還是熱騰騰的，實在教人無法抗拒。

「……這個真的很好吃呢。要不要買回去當晚餐呢？」

「啊……那樣很方便，不錯呢。之後再將高麗菜切絲，配上味噌湯，然後還可以搭配什麼呢……」

由美子的腦內浮現出餐桌的影像。

把可樂餅當主菜的話，要如何安排其他配菜呢？雖然也可以乾脆不要當成主菜，而是採用追加一道菜這種形式……

就在由美子進行著主婦的思考時，千佳茫然地露出疑惑的表情。

「只吃可樂餅不就好了。」

「是在說晚餐對吧？那怎麼可以只吃可樂餅呀。」

「所以說……吃可樂餅配飯。」

「可樂餅配飯！」

也太簡陋了。

「晚餐的菜色只有可樂餅也太寂寞了吧。」由美子剛才說的話是這個意思。但……

由美子的腦海浮現只是被放在白色盤子上的可樂餅，以及隨便添滿的白飯，連高麗菜也沒有。那顏色之貧乏讓她的眼淚都要掉出來了。

不過，千佳似乎不覺得那樣很奇怪，她一臉疑惑似的說道：

「有可樂餅當配菜，還有白飯喔？這樣足夠了吧。」

「妳的三餐隨便到令人同情……又不是男大學生……渡邊是過著這種飲食生活的嗎？妳就是這樣，胸部才長不大吧。」

「胸……胸部跟這個沒有關係吧……」

千佳心慌意亂地扭動著身體，悄悄地用手臂遮住胸部。

那裡平坦到令人同情。

雖然也可以像要回報她平常的毒舌一樣拿這點捉弄她，但由美子也不禁覺得千佳有一點可憐。

卡滋——由美子咬了口可樂餅，仁慈地轉移了話題。

因為她有件很在意的事情。

「渡邊該不會是自己在準備三餐的吧？」

「是呀，我媽因為工作很晚才會回家，我們彼此都是自己準備自己的份。雖然我跟我媽都不太會自己煮。」

原來如此。看來她的家庭似乎跟由美子家有類似的部分。

倘若如此，讓人在意的事情又多了一件。

不過那是有些深入的問題。由美子猶豫著該不該問。

但千佳彷彿看穿了由美子的想法。她沒有跟由美子對上視線，接著說道：

「我沒有爸爸，因為他們在我小時候就離婚了。我現在是跟我媽兩人生活。」

「…………」

千佳很乾脆地說出由美子猶豫著是否要詢問的事情。由美子感到雙重驚訝。千佳願意把複雜的家庭環境告訴自己這點是其一，還有就是兩人的境遇真的很相似。

「……用不著那麼吃驚吧，單親媽媽明明也沒多罕見呀。」

千佳看似疑惑地這樣說，因此由美子現在才發現自己露出了那種表情。

她像要掩飾似的將手貼在臉頰上。

「哎呀，我是很意外妳竟然會像那樣將內情告訴我啦。」

「我這是要拜託妳別在廣播節目裡提到這些話題的意思喔，因為我沒辦法回答。先別提

這些。」

千佳用不客氣的眼神盯著這邊看，一臉疑問似的開口說道：

「妳剛才那種說法，該不會佐藤也是自己在準備三餐？」

「嗯？啊，對，因為我家也是單親媽媽，母親晚上不在家。」

由美子這番話讓千佳稍微瞠大了眼。是哦——她很感興趣似的出聲說道。

不過，那樣的表情立刻消失了。

她聳了聳肩，如此說道：

「雖然妳對我的飲食生活提出忠告，但我看佐藤的飲食八成更不均衡吧？每天都吃漢堡？還是炸雞？顏色怪異的甜甜圈？」

「那根本不是辣妹，而是在笑話中會出現的美國人還是什麼吧……話說在前頭，我基本上是自己煮喔，因為我會做菜。如果是可樂餅，我就連蟹肉奶油可樂餅都能自己做呢。」

由美子不禁試著這麼說了，但感覺千佳大概不懂蟹肉奶油可樂餅有多難做。不會做菜的人是無法明白的。

不過，千佳出乎意料地十分驚訝。妳很厲害嘛——她難得坦率地稱讚由美子。

「原來可樂餅可以在家裡做呢。」

「啊，原來如此，起點是在那邊呀。這樣呀。」

果然可樂餅配飯的女人說的話就是不一樣。由美子決定不要再提料理的話題。

千佳仍然感到佩服。她眺望著可樂餅，說著「在家做這個呀」。

然後她再次準備咬一口可樂餅，卻在中途停住了。

糟了——她露出一副苦瓜臉。

「怎樣？」

「……我忘記了。我本來想發照片到推特上的，跟妳一起吃了可樂餅的證據照片。明明經紀人叫我多發一些那樣的推文。」

「啊……」

把和其他聲優的交流上傳到ＳＮＳ的情況挺常見的。可以說是很正當的粉絲福利。

看到那樣的照片，粉絲也會很開心。

而且最重要的是，由美子非常明白千佳的經紀人如此指示的理由。

由美子用嘴銜著可樂餅，拿出了手機。

她叫出推特的畫面，點開千佳——夕暮夕陽的帳號。

那裡並列著她發的推文。

『早上了。今天天氣很好呢。我去上學了。』

『傍晚。天氣還很好喔。接下來要去錄音。』

『夜晚。陰天。明天似乎會下雨喔。』

「畢竟渡邊的推特無聊得要死嘛。」

「我不知道該寫些什麼才好呀！」

悲痛的吶喊從她口中發出。

即使如此，這也太悽慘了。只有講到天氣跟時間的話題。

不，由美子從未見過在講天候的話題時使用「天氣還很好」這種形容的傢伙。

「可以再講點別的話題……像是喜歡的動畫如何？」

「我講過喔。像是『鐵之黃金・拉』的話題。佐藤沒看過的話，最好看一下喔。那無庸置疑地是會留在動畫歷史上的偉大名作呢。說到第一話的暮光動起來時，我內心感受到的強烈震撼……」

「是、是，可以不用說下去。明明聊那些話題就好了，為什麼不講了呢？」

「因為有一群自以為是老粉的混帳御宅族開始會傳『妳少媚宅』這樣的回覆給我。」

「…………………」

雖然這讓人感到同情啦。

但不知是否累積了多年怨恨，千佳的用詞非常難聽。明明同樣是神代動畫宅……

「我發推文聊自己喜歡的機器人，還會有『那麼，請回答這架機體的動力源。回答不出來的話，我無法認同妳是粉絲』這種要你玩問答遊戲的人跑來呢。」

「要你玩問答遊戲的人。」

「被瞧不起也讓我覺得火大，所以我好好回答了，但就算答對也是什麼都沒有。相對地

要是答錯，就會有一堆回覆冒出來指教。我明明只是想聊喜歡的動畫……」

「夠了，渡邊，已經夠了。我們聊些更愉快的話題吧？」

「也是呢……畢竟也難得吃到這麼好吃的可樂餅……如果能上傳這個可樂餅的照片是最好的啦。」

千佳注視著手上拿的可樂餅，一臉傷腦筋地蹙起眉頭。

可樂餅已經被咬掉快一半。

「……呃，就這樣上傳也沒關係吧？妳就把那個拍下來，發到推特上啊。」

「不，可是，這個吃到一半了喔。這不是什麼能讓別人看的東西吧。」

「或許是那樣啦，但渡邊吃得很漂亮啊。也有人會把可樂餅切開露出內餡，拍照給大家看吧。看起來也挺像是那種感覺的喔。」

由美子這番話，讓千佳注視著可樂餅，說著「是這樣嗎……」讓可樂餅搖搖晃晃地在空中來回。嗯——她出聲這麼說道後，興沖沖地拿出了手機。

由美子對著她的背影說了句玩笑話。

「而且如果是吃到一半的東西，一定會有『夕姬吃到一半的東西看來好好吃我舔我舔噗嘻嘻』這種垃圾回覆出現吧。」

「……………………拜託不要。」

她猛然僵住之後，用像是擠出來的聲音這麼說了。

說不定她滿常收到挺那個的回覆。倘若是由美子，頂多覺得這傢伙真噁心耶哈哈便沒事了，但千佳感覺就有潔癖。由美子稍微反省了一下。

「用這種感覺……好。」

響起啪嚓一聲的拍照聲響。

見千佳一臉滿足似的注視著螢幕，由美子因此露出有些嘲諷的笑容。

「妳要感謝我呀。我可是特地帶好傻好天真的大小姐來這裡呢。」

千佳感到憤怒，開口想反駁些什麼。

但她沒有編織出話語。

她用手機悄悄遮住嘴角，將臉別向一旁。

然後小聲地說了。

「……也是呢。謝謝妳陪我來這裡。可樂餅很好吃喔。」

由美子驚訝地眨了眨眼。

千佳竟然會坦率地道謝，還真是稀奇呢。

仔細一看，千佳的臉頰紅通通的。

一定是因為不習慣講這些話吧。這還真是有捉弄她的價值。

突然是怎麼啦，妳竟然會跟我道謝，難道今天是最終回嗎？

不要只是道謝就害羞起來啦，妳絞盡僅有的一丁點勇氣了？

明明是妳強硬地帶我來，卻變成是我陪妳來這裡？正確地使用日文好嗎？

「……嗯，不客氣。」

由美子回了自己也無法想像的回覆，說出口之後才感到動搖。

我幹嘛這麼坦率地回答啊！明明沒有那個義務。

就在由美子對自己本身感到困惑時，發生了更糟糕的反應。

體溫上升了。她自覺到臉變得通紅。

……在害羞！連我都害羞起來！她連忙將臉撇向一旁，以免被千佳看見。

「……………」

「……………」

兩人彼此都滿臉通紅地將臉別向一旁。

到底在搞什麼啊？由美子將手貼在臉頰上，搓揉著自己的臉頰。

「我回來了——」

「喔，歡迎回家——」

一回到家裡，就看到上班前的母親在客廳化妝。即使是沒化妝的臉看起來也很年輕，但一化妝就更難想像她居然有念高中的小孩。以前她常拜託母親教自己化妝的方式。

「咦？由美子，妳去買東西了嗎？」

母親朝由美子這邊歪了歪頭。這時由美子想起了自己手上拿的袋子。

「對……是可樂餅喔。我想說可以當今天的晚餐。」

「哦——？真稀奇呢？妳竟然會買可樂餅回來。」

對於母親這番話，由美子曖昧地回答著啊或嗯之類的話。

「啊，我知道了——因為妳上星期的高中生廣播裡提到要去肉店嘛。」

「呃，妳答對了……但可以不要那麼認真地收聽女兒的廣播節目嗎？」

※　※　※

「這影片還真糟糕呢。」

木村在自己房間獨自看著電腦，同時發出傻眼的聲音。

「試著在經紀公司前等夕姬出來」

那是躲在夕暮夕陽隸屬的經紀公司前，專心等待夕陽出現的偷拍影片。

不過在影片當中，夕陽並沒有現身。

本來還期待說不定能看到日常的夕姬，真是讓人沒勁。

「清水就是這種地方二流啊。」

名字是「夕暮的騎士」的影片上傳者，本名叫做清水。

他跟木村是同一間高中的學生，在一年級時同班。

『我也超級喜歡夕姬呢。我是認真地在追星。真想跟她交往啊——』

清水一知道木村喜歡夕姬，就專程跑來說了這些話。

他積極地參加活動並好幾次蹲點等夕姬出現，有時會拍攝這種影片。

「哼……不是只有去參加活動才叫愛。」

真正的粉絲應該要看他有多麼理解偶像本人。

為了更深入理解，木村眺望著夕暮夕陽的推特。

『在高中生廣播裡提到肉店的可樂餅。小夜帶我來了——』

是附帶照片的推文。如此說來，她先前有在廣播裡提到可樂餅之類的啊。

「『我要買那個吃到一半的可樂餅，妳開價吧』……好。回覆成功了……嗯？」

發了一個有趣的回覆……就在木村得意地笑著時，在照片上發現令人在意的地方。

他定睛仔細地觀察。

裝著可樂餅的防油紙袋，木村對印刷在上面的商標有印象。

「這……不是學校附近的那間店嗎……？」

他茫然地喃喃自語。他連忙將照片放大，仔細觀察其他部分。

雖然是可樂餅的特寫照片，但稍微拍到了店家的模樣。

——我果然看過這間店！是學校附近那條商店街的店啊！

怦咚——心臟強烈地跳動起來。全身陷入一種彷彿麻痺般的感覺。感覺輕飄飄的，好像握著滑鼠的手不是自己的手一樣。他無意識地吞了吞口水。

他急忙跑去收聽上一集的高中生廣播。

「夜澄滿常買的喔——！從學校到車站的路上有商店街對吧？……啊，對不起喔，這是當地人才知道的事情（笑）。」

「當地人才懂呢～（笑）妳會去商店街的什麼店呢～？」

「肉店！那裡的可樂餅超級好吃，我經常在回家路上邊走邊吃喔！」

果然沒錯，她說了商店街。

木村移動沾滿手汗的滑鼠，搜尋車站名稱，顯示地圖。

「夕……夕姬與夜夜就在這……這一帶的學校……？」

呼吸急促起來，無可救藥的興奮填滿自己。

兩人在這一帶的某間高中上學！跟自己一樣！

那究竟是哪裡？

假如能特定兩人就讀的高中，可是不得了的大事。

無論如何都想有接觸。想在近距離觀看、想試著聊聊天！

還有沒有其他情報呢？木村急忙地開始收聽廣播節目之前的集數。

BLUE CROWN

Talent Profile

BLUE CROWN

夕暮夕陽 Yuhi Yugure

出生年月日：20××年3月15日

興趣：閱讀、觀賞動畫

負責人評論

「她的特色是活用了在劇團累積起來的舞臺經驗，活潑生動的演技。她在目前播放中的「黑劍的宣言者」裡演出可說是故事關鍵的敵方角色，展現充滿威嚴的演技，這是從她平常文靜的天真形象身上無法想像到的一面。她擁有幅度寬廣的聲線，能夠靈活地演出各種角色，是備受期待的重量級新人。」

【電視動畫】

「答錯的不知火同學」（女學生）

「殲滅戰線—a black reminiscence—」（小孩A）

「木花笑顏」第一女主角（宮下鬼燈）

「你一定記得」第二女主角（艾菈・榴布琉）

「從異世界回來的妹妹變成了最強勇者」第一女主角（椎名葉月）

「超絕伸縮小毬藻」配角（琉球海璃藻）

「黑劍的宣言者」主要角色（新見淚香）

「凝視指尖」第一女主角（鳴宮雪乃）

【廣播】

「從異世界回來的妹妹變成了最強廣播主持人」

「超絕廣播小毬藻」

SNS ID：×yuhi-yugure_bluecrowm

聯絡方式

藍王冠股份有限公司

TEL:00-0000-0000　MAIL:support001@bluecrown.voices

NOW ON AIR!! 第10回

「化名從二樓點藥同學～『夕姬、夜夜，早安——！』早安——！」

「早安——！」

「『我是個高三學生，一想到畢業典禮就好憂鬱。我的姓氏是相浦，學號一號，班級還是三年一班。畢業典禮時我會是第一個被叫上臺的。』啊——原來如此，相浦同學嗎，那的確會變成第一個上臺的呢～（笑）」

「相浦同學戰鬥力挺高的呢（笑）。」

「『我很容易緊張，所以不覺得自己能承擔打先鋒這個重任。因此我想問問看，夜夜有過這種經驗嗎？夜夜的姓氏是歌種，跟我一樣是A行。我想夜夜應該也有被分到一班、學號是一號的經驗吧，於是寫了這封信。就這點來說，我非常羨慕夕姬。因為夕暮是YA行，所以學號一定在後面呢。』……這……（笑）」

「唔……嗯——……夜澄我們也是一班啦——不過呢，這是藝名喔！（笑）不是本名，所以沒問題！（笑）」

「嗯，平常是以更低～調的名字在生活喔～（笑）而且我就算本名也是排在後面的呢，所以我們兩個都沒那種煩惱喔——（笑）……咦？哎呀，來信已經唸完了？不是還有剩餘的時間嗎～？」

「小夕，公告公告！今天有消息要公告啊！」

「啊，對喔！其實呀～今天呢，居然有～？有個大消息要告訴各位～！」

「各位會嚇一跳喔——！是大、消、息！萬萬想不到！居然是跟大家都很喜歡的那名聲優有關係喔！……猜猜看是誰呢！」

夕陽與夜澄的高中生廣播！

「……猜得到嗎？（笑）」

「……呃，可能很困難（笑）。好啦，小夕！請說出來吧！」

「居然是，居居居居居然是～！那位櫻並木乙女小姐～！」

「耶——！軟綿綿！小櫻——！」

「然後，那位櫻並木乙女小姐！跟我——夕暮夕陽！」

「還有歌種夜澄！居然要，居然要——！」

「————」

（註：日本學號常用姓氏的第一個發音排序，相浦是「あいうら」，歌種是「うたたね」，夕暮是「ゆうぐれ」，あ（A）行的あいうえお是五十音的第一行，や（YA）行的やゆよ則是倒數第三行）

to be continued……

『啊——由美子嗎？今天是廣播的錄音日吧，錄完後能空出一點時間嗎？』

今天早上接到了這樣的電話。

像往常一樣結束廣播的錄音後，由美子來到對方指定的咖啡廳。

那是一間散發雅致氛圍，十分安靜的店，雖然客人很多，卻一點也不吵鬧。

就在由美子坐到座位上享受著那樣的氣氛時，她等的人很快就到來了。

「喔——由美子，早。」

朝由美子輕輕揮手的是黑色西裝打扮的女性。

充滿高級感的西裝外套與筆挺的上衣，搭配緊身褲。腰部緊實但胸圍大小適中，身體的曲線著實美麗動人。頭髮在後方整理成一束。

化妝也很仔細。水汪汪的眼眸配上淡色護唇膏，以及略微點綴臉頰的赤紅。

以及時髦的太陽眼鏡，那莫名地適合她。

「加賀崎小姐，好久不見。妳最近都沒來關心我的情況，我覺得很寂寞喔。」

由美子對她笑著，如此說道。

這個打扮得很完美的漂亮大姊姊，是由美子的經紀人。

名叫加賀崎林檎。

聲優的經紀人因為非常忙碌，並非隨時都陪在聲優身邊。

由美子也很久沒有直接見到她了。

加賀崎揚起嘴角笑了笑，坐到由美子對面。

是在外面抽了菸才來嗎？從她身上飄散出香菸的氣味。由美子並不討厭這種菸味。

「抱歉抱歉，因為最近有個沒多久前進來的新人崩潰了。有好幾個人得去照顧那傢伙負責的工作，所以實在忙不過來。」

「又來了？不能想辦法處理一下巧克力布朗尼的黑心企業程度嗎？」

「說得沒錯。我也一直四處奔波。要是乾脆有個人倒下的話，事情還比較好解決呢。」

哇哈哈——她很直接地說出十分可怕的話。

就在她們聊著這樣不安穩的話題時，店員來接受點餐了。

加賀崎看也沒看菜單，直接開口說道：

「喔，我要一杯特調咖啡。」

「啊，我也一樣，謝謝。」

由美子在加賀崎點完後跟進。由美子以前幾乎不喝咖啡，但跟加賀崎碰面時會跟著喝，開始理解咖啡的美味。

「啊，由美子，妳吃晚餐了嗎？還沒的話，就點愛吃的東西來吃吧。這間店什麼都好吃。如果妳肚子很餓，要換一間店也可以喔。」

「嗯——加賀崎小姐要吃的話，我就吃。」

「小林檎已經吃過了呢。妳別客氣啦。趁這種時候多吃點。」

「啊，那就不用了。反正我回家還是得煮媽媽的份。謝謝妳喔。」

「妳真是好女人呢……啊，不好意思，那這樣就好。」

店員離開之後，加賀崎緩緩地開口說道：

「由美子，有工作來嘍。」

「太棒了！」

由美子小動作地擺出勝利姿勢。

雖然預料到了，但聽到經紀人親口說出，才能安穩地感到開心。

努力參加試鏡是值得的。

「哪個哪個？是哪個角色合格了呢？」

由美子綻放笑容，這麼催促著加賀崎。

加賀崎露出彷彿看到溫馨畫面的眼神後，拿出記事本，開口說道：

「呃——是預定秋天開始播出的電視動畫『紫色天空下』的三女，西園寺秋一角。」

「咦，真假？那不就是第二主角嗎！」

「紫色天空下」是在深夜播出，以女角為主軸的動畫，描寫三姊妹的故事。

主角是長女西園寺春，不過次女、三女都是可稱為第二主角的角色。

也就是很棒的角色。

畢竟是加賀崎特地前來親自告知的消息，由美子原本就在想應該是不錯的角色，卻沒想到如此厲害。

在由美子喜出望外的時候，加賀崎繼續說了下去：

「會按照當初的預定，片頭曲也由三名主要演出者組團來錄製，且會舉辦活動和特別節目，麻煩妳先留意這方面的事情。」

果然是大工作。雖然不能說是愈來愈忙了，但由美子非常開心。

「啊，對了！另外兩人決定由誰演出呢？」

這點也很重要。

畢竟是今後暫時要一起行動的兩名聲優，由美子當然會好奇那兩人是誰。

加賀崎依舊看著記事本，直截了當地說了：

「飾演主角西園寺春的是櫻並木乙女。」

「不會吧！」

變調的聲音在店裡響起，由美子慌張地用手摀住了嘴。

櫻並木乙女現在是個當紅聲優，大家都搶著與她合作，想跟她組團的聲優多得不得了吧。

提到櫻並木乙女受歡迎的程度，就連那個夕姬也完全不是對手。

夜夜更不用說了。

就在由美子說不出話時，店員將特調咖啡放到桌上。

「……我開動了。」

為了冷靜下來，她拿起杯子。

將咖啡含入口中後，舒適的苦澀伴隨著熱度在口中滾動，香氣一下子擴散開來。

好好喝。感覺稍微冷靜一點了。

「乙女姊姊嗎……我是很開心啦。但她的行程沒問題嗎？」

「我哪知道？不過經紀公司也想趁當紅時盡量推銷，行程應該排得相當緊湊吧。」

加賀崎如此說道後，也喝了口咖啡。

這個業界講求的是人氣。聲優這邊想趁走紅時盡量工作，製作方也想錄用人氣高又經常露面的聲優。結果就變成非常忙碌。

雖然那一定是值得感激的事情，但乙女不要緊嗎？

只不過，無論是盤算或私心，能跟她一起工作，都讓由美子十分開心。

組團活動可以增添氣勢，能夠見到她也讓人純粹地感到高興。盡是一些好事。

不過，像是要對由美子這樣的心情潑冷水一般，加賀崎接著說道：

「飾演次女西園寺夏的是夕暮夕陽。」

「──────」

「怎麼了？」

看到突然沉默下來的由美子，加賀崎一臉疑惑地問道。

由美子在思緒一團亂的狀態下，將內心的想法說出口。

「……這個，我是靠實力被選上的嗎？」

她感到疑問的是這點。

歌種夜澄跟櫻並木乙女與夕暮夕陽並肩而立，讓她有一種不協調感。

歌種夜澄沒有能夠跟夕暮夕陽和櫻並木乙女並肩的實力與人氣。

這麼說不太好，但由美子也不覺得自己在試鏡時有表現出可以說「能飾演西園寺秋的只有歌種夜澄！」的演技。

不過，倘若對方考慮到實力以外的部分……

「這我就不清楚了。會像這樣感到疑問，表示由美子內心也有什麼想法吧。但那也不是想了就會知道答案的事情。」

加賀崎冷淡地如此說道後，喝了口咖啡。「只不過——」她接著表示：

「或許一方面是因為他們想要不遜於那兩人的偶像聲優。要說外表的話，妳也不輸給她們喔。三人站在一起肯定賞心悅目吧。這份工作的前提是經常要在活動和特別節目中露面。有可能是『長得好看又能配合行程的傢伙』這點獲得高評價。」

加賀崎一邊看向咖啡杯裡頭，同時繼續說道：

「況且妳跟櫻並木私下感情很好，又跟夕暮一起主持廣播，也有很多聲優粉絲喜歡那種關連嘛。說不定那方面也有關係。」

加賀崎將咖啡杯放到桌上後，冷酷無情地淡然說道。

因為外表好看。

因為跟其他聲優感情很好。

由美子能得到這份工作，是因為對方看重這些。

那算什麼啊──由美子如此心想。

在根本不是演技的部分獲得高評價，由美子也覺得很困擾，而且只顯得自己很悲慘。

她想到千佳。與由美子一同主持廣播，這次在同一部動畫裡演出同等的角色。

以為差距稍微縮小一點了，結果是錯覺，她仍然遙遙領先。

明明難得接到一份大工作，卻陷入這樣的心情。

但是──

由美子大口喝下熱咖啡。她粗魯地將高雅的香味塞進肚子裡。

她將咖啡杯放回桌上後，呼──地吐了口氣。

「……不管是因為外表還是關連，怎樣都行，工作就是工作。這樣能獲得好評的話，就算我贏了。」

「乖孩子。」

加賀崎看似開心地笑了。

無論契機為何，這無疑地是個大好機會。

即使是現在的自己還不夠格的工作，只要把它當成糧食讓自己成長就行了。

加賀崎將視線拉回到記事本上，在翻頁的同時開口說道：

「還有，也決定要舉辦片頭曲的ＣＤ發售活動了。到時會舉辦迷你演唱會，麻煩妳比平常更小心留意身體狀況。場地已經排定嘍，三人的行程也都敲好了。」

「咦？發售活動？」

突然冒出的話題讓由美子不知所措。

不曉得是否知道由美子這種心境，加賀崎告知發售活動的日期與會場。

「啥？要在那麼大的場地舉辦嗎！」

聽到會場的規模，由美子不禁大聲說道。

這部動畫在現階段還不曉得會怎麼發展，是否會成功仍是未知數。

那可不是這種動畫的主題曲ＣＤ發售活動能夠安排到的會場。

不過，加賀崎若無其事地說：「有櫻並木在，應該會滿場吧。」

「雖然還不確定，但我想活動的次數應該也會增加。理想是一開始多露面，等動畫完結後也能進行活動啊。」

「……加賀崎小姐，妳做了什麼嗎？」

加賀崎稍微擺出笑容。但她什麼也沒說，將咖啡杯送到嘴邊。

她緩緩地品嚐之後，開口說道：

「所謂的人脈與人情啊，都是愈多愈有用喔。」

……她似乎做了些什麼。

加賀崎林檎在巧克力布朗尼被稱為大獎經紀人，這種時候真的能切身體會到這一點。

「無論現在的評價如何，組團獲利最多的都是由美子啊，當然會想要好好努力。機會難得，妳要搶過那兩人的風采啊。」

加賀崎以手托腮，同時將指尖比向由美子。她這番話讓由美子猛然驚覺。

被那兩人包圍的話，由美子的知名度肯定會上升。

講得沒有尊嚴一點，就是能利用她們的人氣。

加賀崎試圖盡最大限度地活用這個好機會。

「雖說才第三年，但妳實在不起眼啊。從我的角度來看，我覺得妳無論聲音、演技或歌喉都不差就是了。小林檎認為之後就只缺一個契機了呢。」

加賀崎靜靜地如此說道。

她試圖打造那個契機。

由美子的胸口揪緊起來，她願意幫忙到這種地步，讓由美子內心感動不已。

加賀崎小姐——聽到由美子這麼呼喚她的名字，加賀崎筆直地注視著由美子。

「反過來說，都做到這種地步卻依舊不行的話，之後就難過嘍。從第四年開始景色就不同了。如果無法靠年輕這個優勢建立好基礎，之後只會每況愈下。廣播也沒多順利對吧。加把勁喔。」

「嗚咕……」

毫不留情的斥責讓由美子啞口無言。

被迫面對事實，讓由美子在不同意義上感到揪心。

偶像聲優的壽命很短暫，環境十分殘酷。

新人聲優因為費用便宜，較容易被錄用，但那種情況頂多也只到第三年。

之後的待遇就跟其他聲優一樣條件。突然沒工作可接的情況也不罕見。

「我……我會加油的。」

適可而止啊——加賀崎笑著說道。

「看招——！由美子——！認命吧——！」

「嘎呼！」

腹部挨了若菜一記擒抱，由美子被推倒在地板上。

那股衝擊實在筆墨難以形容，籃球從手上掉落，在地上滾動。

相對的，若菜撿起滾動的籃球，就那樣企圖飛奔離開。

「裁判！裁判——！剛才那樣完全是犯規！舉紅牌啦，紅牌！」

「NO NO，剛才那樣很有趣，所以就裁判立場來說沒犯規。」

「而且籃球要犯規五次才會退場，所以若菜還可以擒抱由美子五次。」

「真假？決定籃球規則的傢伙腦袋很有病耶！」

現在是體育課的時間。男生在外面，女生則是在體育館上課。

課程內容姑且算是打籃球，但幾乎是自由活動時間。

大家都隨便組隊，隨便互相搶球。

「好耶——！是我們贏了呢！下一支隊伍放馬過來——！」

若菜投籃成功後，這麼大吼著。

真有精神呢——由美子笑著如此心想，同時離開球場上。自己的隊伍似乎在不知不覺間落敗了。

之後就悠哉地在旁看戲好了——她心想著，環顧周圍。

令她在意的身影頓時映入眼簾。

只見千佳抱膝坐著，一臉無趣似的觀看比賽。由美子假裝若無其事的樣子，默默地坐到千佳身旁。

千佳瞥了這邊一眼，卻沒有開口，也沒有與這邊對上視線。

「妳聽說那個工作了嗎？」

由美子也一邊看著比賽，同時用只有千佳才聽得見的音量低聲說道。

如果千佳已經聽說「紫色天空下」的事情，只說這些她應該就懂了。

「妳會變成我妹妹的工作？」

「是那樣沒錯。但那種說法真讓人不舒服呢……」

千佳飾演次女，由美子則是三女，所以的確是妹妹沒錯啦。

「我聽說了。不只是動畫的配音，好像也會舉辦挺多活動的樣子呢。」

她淡然地說道，話中看不出任何激昂的情緒。

她是在隱藏喜悅，或是說這工作不足以讓她感到高興呢？

千佳明明這種態度，自己卻雀躍不已也讓由美子感到空虛，她沒來由地陷入沉默。

從千佳那邊傳來小聲的嘆息。

「怎樣，怎麼了嗎？」

見由美子粗魯地如此詢問，千佳似乎現在才發現自己在嘆氣。

她看似尷尬地徘徊著視線。

「妳那麼討厭跟我同台演出嗎？」

「不，不是那樣的。不對，我當然不想跟妳待在一起就是了。但不是那樣，我是討厭活動。我只是討厭在大眾面前現身，又是唱歌又是跳舞的。那種事情不是聲優的工作吧。我已

經受夠當偶像聲優什麼的了……」

千佳這些話只是單純的牢騷。

只是忍不住脫口而出，沒有想太多就講出來的純粹牢騷。

由美子並非不明白千佳所說的話。

明明是聲優，卻被當成偶像看待很奇怪吧——由美子可以理解她這種想法。

明明是靠聲音在演戲的工作，卻比較重視容貌和舉止，愈常露面粉絲就愈開心。要留意發言內容，並徹底排除與男性的關連。更遑論什麼戀人了。

沒做好這些事情的話，有時甚至會丟了工作。

這樣實在很奇怪。

照理說是嚮往替作品配上聲音這件事，被要求的卻盡是些聲音以外的事情。

由美子並非對這點毫無疑問。

「……那種事情不能說出來吧。」

所以由美子本想吞下去。千佳只是稍微發了一下牢騷而已，應該不是認真地在說這些吧……就算她是認真的，那也不是由美子該指謫的事情。

但是，由美子依舊忍不住開口說了。

「不能去否定吧。我知道渡邊不擅長那種工作，但也不能說是『那種事情』。畢竟是因為做了那種工作，還有碰到願意給予支持的人們，才有現在的我們吧。不該否定這些事情。」

而且——由美子接著說道。

「我覺得這是能夠給予很多人熱情，很厲害的工作喔。我也有很多尊敬的前輩。如果妳指著那些人，說他們是『那種貨色』，我會看不起妳。」

明明覺得不該說這些話，但回過神時已經講出來了。

這樣警告她有什麼用？指謫她有什麼用？

自己跟她是那種關係嗎？所以由美子才想保持沉默，但……

千佳露出驚訝的表情，只是專心聽著由美子說的話。

她似乎想到什麼，只見千佳緊緊抱住膝蓋。

「……對不起，我失言了。這不是對工作該擺出的態度。妳是對的。」

「不……我才應該道歉，對不起。」

「……？佐藤沒必要道歉吧。」

千佳露出疑惑的表情，但由美子有自覺。

她也覺得那是強加於人的願望。

由美子只是純粹不希望夕暮夕陽講出那種話罷了。

「……妳喜歡偶像聲優的工作？」

千佳靜靜地將身體湊近後，如此詢問由美子。

由美子稍微思考了一會兒後，開口回答了：

「還挺喜歡的喔，無論是唱歌還是跳舞。」

「哦……這樣啊。」

就在兩人悄悄地講著這些話時，「噯，由美子！」若菜這麼飛奔靠近了。

「有一個人離隊了！我們人數不夠，由美子來加入我們這隊嘛——」

「啊——……我就免了，妳帶這傢伙上場吧。」

「啥？」

由美子拍了拍千佳的肩膀。

她頓時對由美子露出彷彿想說「這傢伙在講什麼啊」的表情。

不過，若菜完全沒把那表情放在心上，拉起千佳的手。

「喔——小渡邊嗎？那過來吧過來吧！」

「咦，啊，等……等一下……」

由美子對儘管差點跌倒，仍舊被強硬地帶走的千佳輕輕揮了揮手。

千佳一進入球場，比賽就立刻開始了。「怎麼會變成這樣？」千佳一邊露出這種表情，同時拚命地追逐著籃球。

她的動作異常僵硬。

她用臉部接住傳球，從她嘴裡冒出「哇」的哀號。

「那傢伙挺遲鈍的呢……」

小渡邊別放在心上喔——由美子一邊聽著那樣的聲音，一邊眺望著她們的比賽。

期待已久的「紫色天空下」的首次錄音，是在星期天進行的。

動畫的播放日也逐漸逼近，第一話的先行上映會和節目前的現場直播、Talk Show以及迷你演唱會等，排滿了各式各樣的活動。

組團一起唱的片頭曲也已經錄製完畢了。

今天的後製錄音也是，這種逐步開始的感覺實在讓人興奮不已。

一方面也是因為能與乙女碰面，由美子興沖沖地下了電車。

在這一站下車的人很少，從隔壁車廂下車的也只有一個人。

這時，她忽然與對方四目相交。是個眼神異常凶狠的女人。

「…………早呀。」

「…………早。」

從隔壁車廂下車的是夕暮夕陽，也就是渡邊千佳。

看來似乎跟她搭到了同一輛電車。

明明碰頭了還保持距離行走的話也太刻意，因此兩人並肩前往錄音室。

千佳穿著白色上衣與丹寧褲這種簡單的裝扮，肩上掛著偏大的托特包。與其說是簡單裝扮，不如說她單純只是偷懶了而已吧。臉上也沒有化妝。

由美子則一如往常。

她跟平常上學時一樣，一身制服裝扮，也好好地化了妝。

千佳眺望著由美子的打扮，露出看似疑惑的表情。

「妳為什麼假日還穿制服……」

她話說到一半，在中途停住。

她手摀住嘴邊，思索了一陣子後，戰戰兢兢地開口說道：

「如果妳不會覺得不舒服，要不要我買衣服給妳……？」

「喂，笨蛋，別鬧了。我沒有窮到連便服都沒有啦。是因為在第一次工作的現場也會有初次碰面的人，穿著制服比較方便。」

聽到由美子這番話，千佳露出鬆了口氣的表情。不過，她立刻微微歪了歪頭，一臉疑惑。

為什麼那樣會比較方便呢？她的臉上寫著這樣的疑問。

「因為會讓人留下印象，比較容易被記住對吧。」

「喔……可是，穿著制服到工作現場的話，不是很容易被取笑嗎？我很不會應付那種情況。」

「就是那樣才好呀，可以變成對話的契機。」

「喔……」

千佳沒勁地回應。

不過，她似乎想到了什麼，將身體湊近了這邊。她悄悄地低聲說道：

「……噯，佐藤，不曉得打招呼的前輩是不是初次碰面時，妳都怎麼做？」

「啊……聲優常有的狀況？不確定跟這個人之前到底打過招呼沒。」

在工作現場，後進要向前輩一一打招呼。

如果認識，簡單打聲招呼就行，但若是初次碰面，就得注重一下禮儀。

不過，要是不小心忘記是否認識的話……

「沒錯，明明認識卻不小心說了『幸會』打招呼的話……妳會怎麼應對？」

「我只要見面講過話，就不會忘記對方呢。」

「…………………」

由美子這番話讓千佳露出目瞪口呆的表情。

那表情立刻扭曲起來，「嘖！」她看來真的很厭惡似的大聲咂嘴。

「又來了。我真的很討厭妳這種地方。」

「為什麼妳現在突然對我發飆呀？」

千佳心情變差，加快走路速度。儘管不情願，由美子仍跟了上去。

兩人很快就到達錄音室。

首先要打招呼。

兩人到處跟其他演出者與工作人員打招呼，稍微閒聊之後，進入錄音間。

打開門把厚重的隔音門。

錄音間相當寬廣。牆邊設置著三個大型螢幕，前面並排著四支麥克風。其中一面牆壁鑲著玻璃窗，所以能看見控制室，但總覺得有股壓迫感。

擺設放了多張椅子圍住錄音間周圍。也就是所謂的ㄈ字配置。

先進到裡面的只有千佳，還沒有其他任何人在。

千佳坐到椅子上，翻閱著劇本。她坐的是正中央的座位。

不愧是「夕姬」。

能夠仔細看清楚螢幕的正中央座位，是臺詞很多的角色或大老才會坐的位置。

由美子的座位總是靠邊邊。

……對那傢伙來說，坐在正中央應該不是多稀奇的事情吧。

由美子一邊感到羨慕，一邊像往常那樣坐到最旁邊。

「等一下，妳要坐這邊才對吧。」

千佳這麼說，同時拍了拍自己旁邊的座位。

她這番出乎意料的話，讓由美子的身體僵硬起來。由美子左右搖了搖頭。

「呃，不，那裡是臺詞多的人的座位吧。」

「臺詞數量僅次於主角櫻並木小姐的人，就是我跟佐藤吧。又不是有大老會來，而且我們要站起來好幾次，所以妳過來這邊坐吧。」

「啊——……這……這樣啊。」

由美子害臊地搔了搔臉頰後，悄悄地在千佳身旁坐下。

她一邊看著正面的螢幕與麥克風，一邊心想「啊，這裡的確比較方便活動」。

她看向一旁的千佳，只見千佳的意識已經拉回到劇本上。是寫滿了筆記備註的劇本。千佳十分冷靜。

那模樣有一點，真的只有一點，看起來很帥氣。

「早安。」

一位非常漂亮的大姊姊伴隨著招呼聲走了進來。

是散發著柔和氛圍，會讓人看入迷的美女。亮麗的秀髮長達腰部。體型十分苗條，卻又具備充滿女人味的圓潤。

「乙女姊姊！」

由美子湊到那女性——櫻並木乙女的身旁。對方露出微笑。

兩人互相握著彼此的手，開心地嘻笑著。

「早呀，小夜澄。好久沒在工作現場碰面了呢。」

「哎呀——真的呢。而且在錄製CD時也沒能見到面。」

跟動畫的後製錄音不同，遊戲和CD的大多是個別進行錄音。

雖說是三人團，卻也並非跟乙女和千佳一起錄音。

「不過，今後還有活動，而且跟小夜澄一起的工作也很多呢。好開心。」

「我也是我也是。噯，下次再一起找個地方……嗯？」

由美子發現乙女的雙眼底下有黑眼圈。

雖然試圖用化妝遮掩，但沒能完全消除。

「姊姊，妳很累嗎？工作是不是忙過頭了？」

「咦？啊——我沒事。只是稍微睡眠不足而已，我很有精神喔。」

乙女笑著如此說道，同時用雙手擺出鼓起肌肉的姿勢。

「好久不見了。」

「啊，小夕陽。好久不見。過得還好嗎？」

看到千佳過來打招呼，乙女的表情驀地開朗起來。

「啊——妳們兩人認識呀？」

「是呀。最近也挺常一起工作的喔。」

乙女看似開心地笑了笑，千佳點頭表示同意。

這麼說也是吧——由美子心想。乙女不用說，千佳也是不停增加演出作品。

兩人應該有很多機會碰頭吧。

相反的，由美子無論是跟乙女或千佳，幾乎都不會在工作現場碰面。

「…………」

就算想這些也沒用。

儘管明白這個道理，卻依舊有一層黑霧蒙上內心，焦躁與嫉妒顯露而出。

加賀崎的聲音在腦海中響起。

『反過來說，都做到這種地步卻依舊不行的話，之後就難過嘍。從第四年開始景色就不同了。如果無法靠年輕這個優勢建立好基礎，之後只會每況愈下。』

乙女不用說，千佳也穩固地建立了基礎，明明才入行第二年。明明已經第三年的自己立足點如此脆弱，彷彿隨時會崩塌一樣。

她不斷向前邁進，自己卻一直在原地踏步。

……明明就算嫉妒，狀況也不會有所改變。由美子獨自陷入自我厭惡當中。

在錄音開始的瞬間，錄音間內的氣氛立刻一變，緊張感支配著現場。

螢幕上已經播放出影像了。

是「紫色天空下」的第一話。

由美子一邊看著那影像，一邊站到麥克風前。
她一旦在麥克風前發出聲音，那聲音就會被錄製到動畫裡面。
說起來的確是理所當然，但總覺得很不可思議，感覺好像不同世界發生的事情一樣。
會這麼覺得，是因為眼前的影像跟平常觀看的動畫相差很多……也說不定。
因為仍是未完成品。
目前播放的影像是草圖的狀態，實在無法說是動畫。
動畫製作經常被時間追著跑，後製錄音時影像還沒完成的情況也很常見。
在影像裡頭，主角西園寺春正在睡覺。是很簡單的圖畫，也沒有背景。
櫻並木乙女將真實注入未完成的那個世界裡。
「呼……呼……」
從乙女口中發出簡單易懂又不誇張的呼吸聲。
她站在最左邊的麥克風前，輪流看向劇本與影像。
影像是鬧鐘的特寫。
雖然是鬧鐘響起的場景，但現在沒有音效，也沒有ＢＧＭ。
浮現在這裡的只有演出者的聲音，除此之外都是雜音。
即使是非常細微的聲音，只要被麥克風錄到，就得重新錄製。
無論是從座位上站起時，或是在麥克風前換手的時候，總之都要安靜且迅速地行動。咳嗽和噴嚏聲都要克制住，就連翻頁的聲響也不會發出。

在錄音間內響起的是演出者的演技，僅此而已。

「嗯……嗯嗯……嗯——……啊——……已經早上了……？嗯——……！」

乙女朝麥克風發出聲音。

西園寺春儘管睡眼惺忪仍爬了起來，伸了個懶腰。只用聲音表現那一連串的演技。

未完成的影像逐漸浮現出色彩。

她的演技蘊含著會讓人這麼想的熱度。

她實際上是一邊伸懶腰一邊發出聲音，其他臺詞也是邊動著身體邊講出來的。

「小春，早！真是的——妳還沒清醒？好啦，拿出精神來！」

「小春姊姊，早餐，做好了。快換衣服吧。」

千佳飾演的西園寺夏、由美子飾演的西園寺秋也接連登場了。

在一旁的千佳發出聲音後，由美子接著飾演自己的角色。

是一幕不可思議的光景，說不定千佳也這樣覺得。

跟在學校只是同班同學的千佳，像這樣在麥克風前飾演著不同人物。

與平常相差甚大，活潑又可愛的聲音從千佳口中冒了出來。她一邊輕輕擺動著手，同時轉換表情，紮實地在聲音中放入感情。

由美子則是非常平靜且沒有抑揚頓挫的說話方式，和平常截然不同。

彼此都判若兩人。

千佳真的是聲優。

而且自己也是。

乙女飾演天真爛漫的長女西園寺春，夕陽飾演腳踏實地且活潑的次女西園寺夏，夜澄飾演文靜的三女西園寺秋。

後製錄音以這三人為中心進展下去。

錄音直到中途都進行得很順利。

不，可以說錄音到最後都毫無問題地結束了。

會覺得有疙瘩終究是由美子個人的問題。

問題的場景是第一話的高潮部分。

是長女小春與次女小夏大吵一架的場景。

她們的訣別可說是「紫色天空下」的開端，是非常重要的場面。

小秋在這一幕沒有登場，所以由美子是坐在椅子上觀看她們的演技。

從中學些什麼吧。

……明明原本是這麼想的。

但由美子完全看入迷了。

被千佳的演技深深吸引。

「小春姊姊一直都是這樣！妳總是這個樣子，從以前開始就像那樣笑著敷衍過去！好處都被妳占光了！每次吃虧的都是我！都是我喔！我已經，已經受夠了……為什麼是妳當我的姊姊呢……！」

千佳在麥克風前盡全力表現出感情。

她的聲音慢慢變弱，開始顫抖，最後轉變成嗚咽聲。

小夏一直隱藏起來的不滿和自卑感爆發而出，再也無法壓抑住。

聲音的變遷將內含的感情漩渦深刻地傳達出來。

那完成度之高，讓人理解到程度的差距。

由美子懊悔到差點發出聲音。

明明不想認輸——這樣的念頭滿溢，好像要發瘋了一樣。

——沒錯，不想認輸。由美子首次強烈地自覺到這點。

然後在她還沒有整理好那樣的心情時，這次換乙女的臺詞登場。

「——是啊，的確呢。為什麼是我當姊姊呢？」

……由美子脊背發涼。如果不是正在錄音，她差點就叫出聲了。

被雨淋著的小春感到後悔。

不只是妹妹的事情，而是她對自己本身深深感到失望的場景。

臺詞平淡且簡短，在壓抑著感情的同時，聲音微微顫抖著。

是非常絕妙的平衡感。

那之後忍耐不住而哭泣起來的小春聲音，甚至讓聽的人也感到難過。

……由美子沒辦法做到這種程度。不只是哭泣的演技。

還有像乙女那樣的演技、像千佳那樣的演技也是。

錄音結束後，三名主要演出者稍微開會討論了一下播放前的特別節目。

討論完畢後，一離開錄音室，乙女便說了「對不起喔，感覺會遲到，所以我先走嘍！計程車，計程車！」然後啪嗒啪嗒地揮著手飛奔離開。

看來十分匆忙。雖然她平常反倒是個悠哉的人。

由美子與千佳並肩前往車站。

儘管沒有特別像是對話的對話，但兩人原本就不是會和樂聊天的關係。

所以才一直默默地走著。千佳卻忽然小聲地低喃了：

「……演技，很精彩呢。」

由美子也有這種感覺，因此開朗地回應：

「啊，妳說乙女姊姊？對吧——的確很精彩呢。姊姊果然很厲害。」

她坦率地這麼說出口。然而千佳不知何故，一副無法理解的樣子。

為什麼啊，明明是她提起的話題？

由美子感到疑問。但千佳轉變了話題的方向。

「……妳為什麼會叫櫻並木小姐『姊姊』呀？」

「我們第一次共同演出時，我的角色是乙女姊姊的角色的小妹，會稱呼『姊姊』的角色。我學那個角色這樣叫，結果就固定下來了。」

「喔……是那個吧，『冬季★旅情』。片頭曲非常棒喔。」

「……片頭曲我也有唱喔。」

「我說的不是歌曲，而是作畫。」

對於冷淡地如此說道的千佳，由美子不禁想咂嘴碎念「什麼嘛」。

「既然櫻並木小姐因為那部作品被那麼稱呼，那這次我也會被妳叫姊姊嗎？真讓人想吐呢。我會告上法院喔。」

「妳可以不要擅自加油添醋，還想鬧上法院嗎？」

沒多久之後，兩人到達車站。

就在由美子想前往月臺時，千佳指著反方向說「我走這邊」。

「喔，是那樣嗎？妳家是那個方向？」

「不是那樣的，是因為有下個工作要錄音。」

千佳若無其事地這麼回答，讓由美子怨恨起不小心多嘴了的自己。

剛才的錄音結束後，由美子今天的工作就結束了。

呼——她悄悄吐了口氣，以免被聽見。

由美子盡力地表現出自然的聲色，輕輕舉起了手。

「是喔。那麼，錄音加油，姊姊。」

「嗯，那再見了。順便先說一聲，妳的生日比我早喔。」

千佳背向這邊，朝著反方向的月臺前進。

由美子也同樣邁出步伐。

回到家後，重新確認第二話的劇本，多練習幾次吧。

另外，演唱會的舞蹈動作也要盡量多練習幾次。

目前能贏過她們兩人的，就只有能利用的時間比較多這點。

說起來實在很沒出息。

但是，利用這些時間來提升品質，應該沒錯才對。

由美子不想輸給千佳。

想要追上她。

所以踏實地做好目前能辦到的事情吧。她這麼鼓起幹勁。

「抱……抱歉，小夜澄，我……我有點急事得先離開，呃……」

在一如往常的廣播錄音前，用來開會討論的會議室。

由美子與朝加原本漫無目的地閒聊著。但一接到電話，朝加的表情就變了。

看來似乎有什麼麻煩。

但接下來還要錄製廣播節目，她似乎在迷惘該怎麼做才好。

「這邊沒問題的，妳就去吧。等其他工作人員到了，我會告訴他們原因的。有什麼事的話，我會打妳的手機聯絡妳。」

「唔哇，謝謝妳，小夜澄！我愛妳！」

她像這樣吶喊愛的話語後，急忙地離開了會議室。

真辛苦呢——由美子露出苦笑。

「……沒事做了呢。要不要先寫一下作業呢……」

由美子將書包拉近身邊，看向裡面。

她發出「唔」的一聲。

「……在經紀公司拿到白箱後，就一直丟在書包裡啊。」

她拿出來的是一片藍光光碟。

這裡面收錄著尚未播出的「紫色天空下」第一話。

白箱——是指在影像業界當作品完成時，會發送給工作人員用來確認的版本。

「紫色天空下」還要一段時間才會正式播出，但第一話已經決定會在活動中先行上映了，因此只有第一話提早許多完成。

由美子在放學回家途中繞到經紀公司一趟時，拿到了這個白箱，但一直丟在書包裡面。

她還沒有觀看。

因為她害怕去觀看。

「早安。」

「哇！唔喔……！」

門突然打開，有人走了進來。

由於被攻其不備，由美子差點把藍光光碟弄掉。她當場接了起來。

所幸沒弄掉到地上。呼──她鬆了一口氣。

「……妳在玩什麼呀？」

千佳傻眼地看向由美子。

雖然由美子回以充滿怨恨的視線，但千佳毫不在乎地環顧會議室。

「只有佐藤？朝加小姐還沒來嗎？」

「啊……好像發生了什麼麻煩事。她可能暫時不會回來。」

什麼狀況呀──千佳蹙起眉頭。

但她一注意到由美子手上的東西，便很感興趣似的將臉湊近過來。

「那該不會是『紫色天空下』的白箱？我已經確認過了，很不錯喔，片頭曲之類的也非常用心製作。但我挺早之前就拿到了，佐藤是今天才拿到的嗎？」

千佳難得心情很好似的這麼說道了。

對於坦率地說出感想的千佳，由美子將視線從她身上移開，因為尷尬而陷入沉默。

千佳眼尖地察覺到什麼。

……她偏偏在這種地方特別敏銳呢。

「……不，我也是挺早之前就拿到了。只是一直丟在書包裡面，還沒有確認。」

由美子這番話讓千佳瞇細了雙眼。她稍微露出遲疑的模樣，卻仍開口說道：

「……雖然我不太想說這種話。但妳還是新人，別在這種地方偷懶，事先確認一下自己演出的作品比較好吧。」

「啊，不是，不是那樣啦。我不是因為嫌麻煩所以沒看……嗯……渡邊可能不會明白，但我有一點害怕去觀看。」

雖然不怎麼想對千佳說出真心話，但隨便蒙混過去的話，感覺會產生奇怪的誤解。

由美子一邊眺望手中的藍光，同時像自言自語似的低喃：

「因為這對我來說是久違的大角色，是久違的機會，要是失敗實在慘不忍睹。當然我是盡全力去演了……但要確認自己是否有好好地演出，讓我感到害怕。我不敢看。這樣可能很窩囊就是了。」

所以才一直丟在書包裡。

只能視若無睹，等待這股恐懼消逝。

由美子她——歌種夜澄她沒有自信。

那種東西已經在試鏡不斷落選時一點不留地被消耗殆盡了。

而且追根究柢，由美子的選角本身便很難說是靠實力被選上的。

「……佐藤。」

聽見沒有抑揚頓挫的聲音，由美子抬起頭來。

千佳依舊面無表情，用不帶感情的聲音說了：

「我真的很討厭妳這種地方。」

千佳只留下這句話，便離開了會議室。

「……………………」

被留下的由美子搔了搔頭，嘆了口氣。

她並不打算要千佳理解自己的心情。

但這果然是千佳無法理解的感情啊——由美子失望地垂下肩膀。

自己與千佳的差異突顯而出，再度緊揪住由美子的內心。

千佳是否感到傻眼？還是生氣了呢？

由美子就連這種事也不曉得。

就在她無奈地想把白箱放回書包裡時——

門砰一聲地猛烈打開，似乎是千佳踢開了門。

用腳開門的理由是她沒辦法使用雙手。

「佐藤，我跟工作人員借了光碟機，現在立刻在這裡觀看吧。反正還有時間對吧？」

千佳很快地這麼述說後，將拿著的光碟機放到桌上。

看到迅速地準備起來的千佳，由美子目瞪口呆。

但她猛然回過神來，慌張地抓住千佳的手。

「等、等等啦，為什麼會變成那樣呀？妳聽到我說的話了嗎？我……」

「妳才是果然沒在聽我說話呢。」

千佳用銳利的眼光看向由美子，生氣似的瞪著她。

「我在第一話錄音結束後，對妳說過了。雖然妳沒有聽懂，但我也覺得無所謂，因為只要看了就會明白。但是不看的話就無從確認起。」

千佳從由美子手中拿起白箱，推給由美子。

自己放進去。她似乎是想這麼說。

千佳沒有放鬆推擠的力量，斬釘截鐵地說道：

「那個時候，我是說『妳的演技，很精彩呢』。」

「…………咦？」

當時，千佳的確是說了「演技，很精彩呢」。
不過，原來那並不是對乙女的讚賞嗎？
千佳──夕暮夕陽她是在評價由美子的演技。
在感到喜悅之前，困惑的感情先湧現出來，由美子不曉得該如何反應才好。
這時發出喀噹的聲響，千佳坐到由美子的身旁。
接著，她雙眼依舊注視著光碟機，只說了一句話。
「妳會怕的話，我陪妳一起看。」
「……………」
由美子俯視手上的藍光光碟。
千佳沒有再開口說話，也沒有要移動的意思。
由美子無聲地深深吐了口氣。
身旁有千佳在。是開會討論時的固定位置。
如果千佳真的認為「演技很精彩」，說不定沒有人比她更令人放心了。
由美子輕輕地將藍光放入光碟機。
然後──

歌種夜澄

Yasumi Utatane

Profile

出生年月日：20××年10月12日

興趣：逛街、卡拉OK

SNS ID：×yasumi-utatane1012

演出情報

【電視動畫】

「塑膠女孩」（萬壽菊）

「冬季★旅情」（羽衣雫）

「喵喵社！」（喵姆喵姆）

「總是對你 I Love you!」（幼犬）

【廣播】

「塑膠女孩in廣播」主要主持人

「櫻並木乙女的簡直就像在賞花一樣」節目來賓

【負責人評論】

「悠然且明朗的聲音十分迷人，令人期待的新人。雖然經驗尚少，卻比別人加倍有活力。公開錄音和各種活動等幾乎都可以毫無問題地演出。能炒熱現場氣氛、與生俱來的開朗個性是她的魅力！請務必考慮起用她！」

聯絡方式 巧克力布朗尼股份有限公司

TEL:00-0000-0000

MAIL:Chocobrownie@behoo.voices

NOW ON AIR!! 第12回

「事情就是這樣！歌種夜澄、夕暮夕陽、櫻並木乙女組成了三人團『愛心塔』！而出道歌曲『搖擺戀情搖來晃去！』是從秋天開始播出的電視動畫『紫色天空下』的片頭曲，請大家多多捧場！」

「『紫色天空下』有夜澄等三人一起演出，請大家務必也收看動畫！」

「……以上！到這邊為止的內容，是上一集也告知過的消息。不過～……」

「想不到！決定要舉辦CD的發售活動！」

「哇～啪啪啪～！」

「預定會是一場有演唱會、有Talk Show的愉快活動，請大家務必踴躍報名喔——！」

「哎呀，真厲害呢～有很多精彩的活動呢？」

「真的呢！可是，夜澄有一點擔心喔。明明動畫還要一段時間後才會播出，舉辦什麼CD發售活動沒問題嗎？（笑）」

「對呀（笑）。明明是秋季動畫的主題曲CD，卻在夏天發售CD和辦活動呢（笑）。雖然能舉辦演唱會讓人很開心啦～」

「咦——可是夜澄也很擔心演唱會那邊！小夕不會像公錄時一樣跌倒吧？沒問題嗎？（笑）」

「啊——！那件事！小夜真的很過分喔！因為結果沒有播出，所以只有來現場的人才知道，小夜絆住了我的腳喔！害我因此跌倒了！」

「小夕，那種說法有語病喔。夜澄只是絆住小夕的腳，讓妳跌倒了而已喔？」

夕陽與夜澄的高中生廣播！

「我剛才就是在講這件事呀！？小夜妳已經語無倫次啦！」

「CD發售活動時，請一定要小心腳邊（笑）。」

「小夜？我要生氣嘍！」

to be continued……

「就算是早上也很熱了呢……」

由美子仰望著高高的天空，一個人喃喃自語。汗水從額頭上滑落。

她啪嗒啪嗒地揮手朝臉搧風，但絲毫沒有變涼。

自從進入暑假之後，一來到外面，強烈的陽光就讓人感到厭煩不已。

但今天的由美子心情很好。

昂揚感填滿胸口，適度的緊張加速了心跳。

「唔咦——……場地好大。不過這個場地會滿場呢……」

看到眼前的會場，由美子不禁如此低喃。

才一大早而已，周圍只有零星幾個人影。

要等到接近開場時間，這裡才會熱鬧起來吧。

今天是愛心塔的首支單曲，同時也是「紫色天空下」片頭曲的「搖擺戀情搖來晃去！」的ＣＤ發售活動。

活動內容是Talk Show與迷你演唱會。

雖然動畫尚未播出，但聽說報名者多到有許多人沒抽中入場資格。

能夠吸引到這麼多人，櫻並木乙女的存在有很大的影響。

來參加今天活動的大部分觀眾，說不定都是乙女的粉絲。

由美子進入會場，向工作人員打招呼之後，前往休息室。

她敲了敲休息室的門，聽見「請進」的聲音，因此打開了門。

「早……安？」

休息室裡有一名先來的客人，坐在桌子前的座位上。

她穿著灰色襯衫，搭配花樣圖案的長裙。是個惹人憐愛的女孩子。

多麼漂亮的容貌啊。

女孩小巧的臉蛋讓由美子不禁看入迷，打招呼的聲音也在中途卡住。

是個美少女，有美少女在。

由美子不禁僵在原地。此時，那個美少女看向這邊。

她面無表情地說著「早」，向這邊打招呼。那聲音讓由美子猛然回神。

「……啊，對喔，妳是渡邊啊。」

在那裡的是聲優夕暮夕陽——也就是千佳。

明明看過好幾次聲優狀態的千佳，每次卻都會大吃一驚，不小心看入迷。

無法習慣。

「渡邊的外表跟平常實在相差太多了呢……」

「妳有資格講這種話嗎？」

千佳感到傻眼似的吐了口氣。

由美子什麼也沒說地坐到千佳身旁。千佳嚇了一跳，將身體往後退。

「怎樣？」

「沒什麼。我只是在想妳化妝技術真好呢。讓我看一下嘛。那個眼影不錯呢，哪家的？」

「咦？我只是將經紀人給我的眼影直接拿來用……等一下，妳太靠近了吧。」

「啊，幹嘛？臉別轉過去啦。」

由美子半彎著腰，一把抓住千佳的臉。她目不轉睛地注視千佳的雙眼周圍。

千佳是感到難為情嗎？她移開視線，想拉開身體的距離。

但由美子也是認真的。她必須吸收高明的手法才行。

反正用不著客氣的對象，就仔細地觀察個夠吧。

就在由美子這麼做時，叩叩——有人敲了門。

「請進——」

「不，等一下……」

雖然千佳發出像在責怪的聲音，但由美子不明白理由。

「早安——……咦，哇。」

傳來了驚訝的聲音。

由美子看向那邊，只見乙女站在那裡。

她穿著白色無袖上衣與丹寧褲，搭配黑色帽子這種簡單的裝扮。

有著好身材的她光是這樣穿，看起來便有模有樣。

乙女大吃一驚後，匆忙地躲到門後的陰影處。

「……呃？雖然我完全搞不清楚狀況……打擾到妳們了……嗎？」

「啥？」

聽到乙女如此指摘，由美子重新審視自己的模樣。

用雙手抓住聲優同伴的臉，目不轉睛地注視著對方的這種狀況。

千佳滿臉通紅地瞪著這邊看。

由美子將視線從像是覺得難為情，又像是感到煩躁的千佳身上移開，拉回到乙女身上。

「……讓妳有了奇怪的想像呢？」

「是呀。可能的話，我真想當作沒看見……要不要我晚點再來？」

「……櫻並木小姐，請不要有那種奇怪的顧慮。還有佐藤也該適可而止了，我真的很討厭妳這種地方。」

千佳將由美子的手從自己臉上剝開，看似不快地咂嘴。

乙女感到為難似的露出苦笑。

才這麼心想時，只見她慢慢地遠離門邊，真的打算離開現場。

「乙……乙女姊姊！沒問題啦，什麼都沒有啦！拜託不要好像真有一回事似的顧慮我們！姊姊！姊姊——！」

討論結束後，由美子等人站到舞臺上。

這是為了進行迷你演唱會的彩排……也就是最終排演。

三人都已經換上舞臺服裝，是散發著偶像感覺的可愛服裝。

「那麼，就從頭到尾排演一次看看吧。」

舞臺監督如此發出指示，因此三人移動到指定的站立位置上。

坐鎮左右兩邊的是由美子與千佳，當然乙女是站在中間位置。

在歌曲開始的幾秒前，由美子深呼吸。

由美子她們唱的「搖擺戀情搖來晃去！」姑且有舞蹈動作，但沒有多誇張，要記住那些動作並不是多大的負擔。

不過，由美子練習了很多次。真的是練習了無數次。

要跟無論實力或知名度都勝過自己的兩人較勁，需要盡全力以上的全力。

『機會難得，妳要搶過那兩人的風采啊。』

由美子想起對自己這麼說的加賀崎。她都幫自己做到這種地步了，無論如何都想回報她

的期待。

歌曲開始了。

熟悉的前奏響起，流行的音樂響徹會場。

被灌輸到身體的動作與歌曲同調。啊，就是這種感覺。狀況還不錯。

歌曲開頭也很順利，能夠在麥克風上發出跟平常一樣的歌聲。

雖然是第一次三人合唱，但這部分也沒有問題。三人的舞蹈配合得很完美。

然後由美子深刻體會到——

乙女的潛能非常驚人。她一邊擺出俐落又活潑的動作，同時也不忘面帶滿分的笑容。

悠然自得的歌聲讓人難以想像是邊跳舞邊唱出來的。

接著是千佳。

她的笑容不像乙女那麼自然，即使是她，看來也有點難受的樣子。

但她清澈的歌聲讓人聽得入迷。

她獨唱的部分，音色聽起來截然不同。

舞蹈動作也十分完美。雖然她在體育課時表現出來的動作實在慘不忍睹，但她應該非常努力練習過了吧，細心的動作證明了這一點。

歌曲眨眼間就結束了。

三人就那樣擺著姿勢，由美子獨自在內心低喃。

……可惡。

自己明明那麼努力了，兩人卻若無其事地與自己並肩而立。

明明打算要壓倒性地表現得比她們更好。

這讓由美子感到懊悔不已。

「ＯＫ。不錯嘛。那可以麻煩妳們先下來一下嗎？」

聽到舞臺監督這麼說，由美子等人解放姿勢。

「太好了呢！」

乙女對由美子與千佳兩人笑著如此說道。千佳放鬆地吐了一口氣，由美子回以笑容。

三人移動到舞臺旁邊，走下階梯。

這時由美子注意到一件事。

前面的乙女氣喘吁吁。畢竟氣溫很高，又唱又跳將近五分鐘確實很難受。

但是，很習慣舞臺表演的乙女累成這樣，讓由美子有一種不協調感。

「乙女姊姊？」

由美子牽起乙女的手，乙女氣喘吁吁地轉過頭來……她的臉色也很糟糕。

「怎麼了嗎，小夜澄？」

「姊姊，妳還好嗎？妳看來好像很累……」

「咦咦？我沒事喔，沒事沒事。好啦，得快點過去才行。」

乙女不等由美子回答，就準備走下階梯。

「————啊。」

那一瞬間，她的身體突然摔落而下。

乙女的腳從階梯上踩空了。

她就那樣身體前傾，掉落下去。由美子立刻伸出手，但搆不到她。

乙女的身體撞上階梯後，猛烈地被拋到地板上。

「姊姊！」

由美子慌張地飛奔到她身旁。

「欸……欸嘿嘿……出糗了。我沒事，我沒事……」

倒在地板上的她一邊抬起上半身，一邊勉強地擠出笑容。

然而那笑容立刻僵住。

「不要緊嗎？」

工作人員和舞臺監督慌張地聚集到乙女身旁。

「不……不要緊喔，不要緊。只是稍微耍笨了一下。而且也沒受傷。」

乙女像是要掩飾過去似的笑著，可以看見她的額頭滲出汗水。

她的臉色非常糟糕，呼吸也很急促。一眼就能看出她的情況不對勁。

「抱歉，我確認一下喔。」

監督在乙女身旁蹲下，碰觸她的右腳。

乙女的表情瞬間扭曲起來。可以看出她從剛才開始就在袒護右腳。

監督一脫掉她的鞋子，便冒出紅腫起來的腳踝。

看到腫了好大一包的腳，有人低喃了：「這……」

肯定是扭傷或更嚴重的傷勢。

「不，沒事沒事，請大家別露出那麼嚴肅的表情！我不要緊的喔。我站得起來，也能活動！大家太誇張了啦。」

乙女發出與現場氛圍不符的明朗聲音。

監督露出陰沉的表情，同時告知乙女。

「櫻並木小姐，這樣沒辦法上臺喔……活動妳就缺席，去醫院治療吧。我會請其他工作人員陪妳去的。」

「！請……請等一下，監督！我不要緊喔！雖然有一點腫，但用繃帶還是什麼都行，只要固定好就沒問題了！我去一下藥局！」

明明從剛才開始就連汗水量也很驚人，但乙女仍擠出笑容，不願讓步。

她應該感到相當疼痛吧。實在不覺得光是固定好就能行動。

「不，姊姊，還是去醫院比較好啦。雖然不能出席活動很遺憾……」

由美子也在乙女身旁蹲了下來，溫柔地對她說道。

見狀，乙女露出像在求助似的表情。

「等一下，小夜澄，等一下……我還能表演……妳明白的吧？粉絲在等著喔……？如果換成小夜澄站在我的立場，妳能去醫院嗎……？」

由美子說不出話。

她沒想到乙女會對自己說這種話。

若自己站在乙女的立場，在活動即將開始前受傷……

若是自己會怎麼做？

「……監督，我可以去一下藥局嗎？把腳冰敷然後纏上繃帶，吃一下止痛藥的話，至少能唱一首……」

「歌種同學也是，在說什麼啊？她的腳都這樣了，沒辦法上臺啦！」

「呃，可是，她本人都說要上臺表演了……」

「小夜澄……」

倘若由美子處於相同立場，無論發生什麼事，都會試圖上臺表演吧。

受傷又如何？不會死人的，只要自己忍住就行了。既然如此，當然要上臺，無論發生什麼事都要上臺。不在這時堅持到底的話，何時才要發揮堅持呢？應該會抱持這樣的想法吧。

乙女也是同樣的心情。既然如此，由美子想讓她如願。

「不……不行不行！就說沒辦法上臺啦！好了，去醫院吧！」

但是，監督做出了這樣的判斷。

不管再多說什麼也是白費功夫。

診斷結果是扭傷。乙女被下令要靜養，當然不可能出場什麼演唱會。

不過，因為立刻到醫院接受治療，乙女不僅能在活動開演前回到現場，還能夠參加Talk Show。

『對不起喔，小夜澄……真的很對不起。』

「沒關係啦。只是不能出場演唱會而已對吧？會請姊姊在Talk Show時炒熱氣氛，把演唱會的份補回來，所以沒問題的。嗯。那麼，晚點見。」

在休息室掛斷乙女打來的電話後，呼──由美子吐了口氣。

聽見乙女彷彿隨時會哭出來的聲音，連這邊都跟著想哭了。由美子非常明白乙女的心情。要是自己站在她的立場，應該會暫時無法振作起來吧。

只不過，不能全說是她本人的錯。

是疲憊顯現出來了。

只是亂來的結果超出自我管理的範圍，展露而出罷了。

碰巧在最糟糕的時機。

一離開休息室，只見千佳靠在牆壁上站著。

「渡邊，怎麼了嗎，妳怎麼站在那裡？」

「我想走進休息室的時候，聽見妳在跟櫻並木小姐講電話。」

「是那樣沒錯啦。但妳可以不用在意，直接進來的啊。」

「才不要。我才不想被迫聽那些鬱悶的話題，連我都會跟著陰沉起來。」

「我說妳啊……」

千佳挖苦人的說法讓由美子感到厭煩。

為什麼這傢伙只能用這種說話方式啊。

由美子覺得要應付千佳也很麻煩，打算就那樣直接離開時，千佳銳利的聲音阻止了由美子。

「我的意思是現在沒時間垂頭喪氣了。我已經跟監督說了，演唱會由我跟佐藤兩人來撐全場。」

「……渡邊。」

之前確實有提到演唱會該怎麼處理。

選項有兩個。

一個是就這樣直接中止，另一個是只有兩人上場。

監督難以抉擇，問了「歌種同學想怎麼做？」以由美子的立場來說，當然是想上場。但她不曉得千佳的意願。

所以由美子請監督讓她暫時保留答案。

因為她覺得如果千佳不想上場，就不應該那麼做。

「如果妳不願意，我現在就去跟監督道歉取消。」

千佳別過臉去。

聽到千佳說就算只有兩人也想進行演唱會，老實說由美子覺得很開心。

但是，千佳是否理解到靠兩人撐全場的意思呢？

「……渡邊，妳明白嗎？來參加這個活動的觀眾幾乎都是……」

「來看櫻並木小姐的。這種事用不著妳說，我很清楚。」

沒錯。特地來參加活動的人，幾乎都是櫻並木乙女的粉絲吧。雖然肯定也有夕暮夕陽與歌種夜澄的粉絲，但數量有壓倒性的差距。

在這當中，只有除了乙女外的兩人進行演唱會的話——

搞不好會變成重大事故。

由美子有受傷的覺悟。她能夠覺得即使如此，自己依舊想上場表演。

而關於這點，千佳也是一樣的。

「就算她不在，我也會炒熱氣氛給大家看，因為我也是聲優，也是職業的，有義務讓觀眾感到快樂。妳不這麼認為嗎？」

千佳筆直地注視著由美子的雙眼，吐出炙熱的氣息。

她眼眸深處的光芒非常強烈。

明明靠化妝隱藏起來，但她銳利的眼光仍流洩出來。

千佳不覺得偶像聲優有哪裡好。

她斬釘截鐵地說過討厭在眾人面前跳舞。

要那樣的她陪自己出場沒有乙女的演唱會，是否不太好呢？由美子原本這樣認為。

但是，看到那樣的千佳燃燒著幹勁的火焰。

這讓由美子覺得很開心。

「……真拿我家的姊姊真沒辦法呢。我會卯足全力表演，不會客氣的喔。」

「很好。我已經拜託好監督，讓我們使用舞臺練習到開場前最後一刻。現在就來重新討論站立位置和舞蹈動作吧。」

兩人歪曲嘴唇，露出一點也不像偶像聲優的表情，前往舞臺上。

「要更大方地使用舞臺喔。動作大一點、誇張一點，移動時也盡可能浮誇一點。四處跑來跑去應該剛剛好呢。」

「與其去意識如何把歌唱得好聽，不如更加重視現場感應該比較好。盡量大聲唱出來或許不錯。要不要乾脆在哪個部分吶喊？」

「上前的時候盡可能努力地靠近觀眾吧。還有別忘記表現，像是對觀眾多揮幾次手，或是多跟一些人對上視線之類的。」

「在間奏時盡可能地煽動觀眾嗎？由我來做吧。這種事應該是我比較適合。」

兩人在有限的時間裡重複排演了好幾次，而且不斷檢討改進。

追求著如何炒熱氣氛，抱持總之將一切都獻給這一首歌的打算。

應該是勉強成形了。

之後，兩人與從醫院回來的乙女會合。

乙女向由美子她們與工作人員道歉了好幾次，哭著說至少Talk Show她會好好加油。

然後到了開演時間。

音樂響起，三人一邊聽著觀眾熱烈的歡呼聲，一邊走上舞臺。

原本預定要跑著衝出去，但因為乙女的腳傷，她們緩緩地走上舞臺。

走在前頭的由美子一現身，歡呼聲便加大了。

觀眾席上有許多人並排著，雙眼閃閃發亮地注視著舞臺。

觀眾的視線都看向這邊。

「夜夜──！」

在某處傳來這樣的歡呼聲，由美子自然地露出笑容。

她一揮手，歡呼聲就變得更熱烈，讓她十分開心。

然後千佳從後面現身了。她面帶微笑，和藹可親地揮動著手。

她的人氣十分穩固，歡呼聲的威勢相當驚人。

「夕姬——！」

聲音重疊起來。儘管對此感到不甘心，現在卻覺得那十分可靠。

不過——

就在那之後，乙女一從舞臺旁邊現身，歡呼聲便爆發性地增加。

「小櫻——！」

無數這樣的聲音傳遞到舞臺上。由美子感受到空氣震顫，內心驚愕不已。

居然相差這麼大嗎？雖然早就知道乙女很受歡迎，但居然到了這種地步。

之後要在沒有乙女的狀態下進行演唱會。

演唱會當真能成立嗎……？

就在由美子感覺到不安逐漸膨脹起來時，千佳咚一聲地拍了拍由美子的背。

千佳的雙眼依舊看著觀眾，但她大概察覺到由美子的不安了吧。

不，說不定千佳也同樣感到不安。

她碰觸背後那一瞬間的溫暖，讓由美子的內心不可思議地變得輕鬆多了。

三人將麥克風拿到嘴邊，齊聲說道：

「「「大家好——！我們是愛心塔——！」」」

宛如地鳴的歡呼聲撼動了會場。

稍微打過招呼後，乙女向前踏出一步。

她有事情必須告訴觀眾。

前排的觀眾應該注意到了乙女的腳上纏著令人心痛的繃帶。

「首先有件事必須向大家道歉……」

她露出看來真的非常過意不去似的表情如此起頭，不安的氛圍頓時在會場中蔓延開來。

「其實是……」

乙女結結巴巴地說明了事情的來龍去脈。

自己一時疏忽而受傷，因此無法出場演唱會，但由美子她們兩人會一起進行演唱會。

即使說了乙女無法出場演唱會，也沒有人發出噓聲。

參加這種活動的觀眾基本上都很溫柔，甚至沒人發出「咦——！」這類聲音。

因為他們想慰勞聲優本人的心情更加強烈。

不過，儘管如此，依舊存在著無法壓抑的事情。

就在此刻，可以看到觀眾的表情蒙上了陰影。

沒辦法出場嗎？難得來參加耶。彷彿能聽見這樣的話語。

「真的很對不起。」

見乙女低頭道歉，一名觀眾大喊「沒關係喔——！」掀起了一陣笑聲。

就是現在——由美子察覺到這點。她將麥克風拿到嘴邊，大聲吶喊：

「相對地，這場演唱會，夜澄與小夕的高中生搭檔！會努力炒熱現場氣氛喔——！」

於是觀眾們發出「喔——！」的歡呼聲回應。有一半以上是因為人情，由美子很清楚這點。不過，這樣的聲音非常令人感激。

「我們會請小櫻在Talk Show好好地逗大家笑的～還請大家盡量大爆笑～」

千佳故意裝傻，掀起一陣笑聲。氣氛相當不錯。

就這樣繼續保持這種氣氛吧——由美子不禁這麼盼望。

是由美子的願望實現了嗎？還是乙女很努力的關係呢？

Talk Show維持著歡樂的氛圍進展下去，感覺相當熱烈。

活動逐漸進展下去，終於到了演唱會的時間。

無法演出的乙女在大家的惋惜下退場到舞臺旁邊。

舞臺上只剩兩人。

兩人被交代等乙女一退場就立刻進行演唱會，老實說真是得救了。只有兩人的話，彷彿會被緊張給壓扁似的。

歌曲前奏響起。

在即將動起來前，由美子看向千佳那邊，只見千佳也同樣地注視由美子這邊。

兩人自然地互相點了點頭。

沒問題，沒問題的。

跟自己一起跳舞的是那個夕暮夕陽啊。

絕對會成功的！

「各位——！要開始嘍——！」

卯足全力吶喊，氣勢猛烈地動起來。自然且流暢，舞步卻又浮誇。身體好輕盈，感覺倘若是現在，似乎能表現出最棒的動作。

聲音紮實地從腹部發出，響徹了會場。歌聲也沒有問題。

從入耳式耳機傳來的千佳歌聲，比平常更加激烈。

熱情迸開般的歌聲在耳中震動，讓由美子的內心沸騰起來。

千佳的演出十分精彩。

花俏的舞蹈動作與撼動內心的歌聲，甚至讓由美子覺得如果自己是觀眾，一定看入迷了。

不過，自己也不能輸。歌種夜澄同樣沒有輸給她。

由美子展現出俐落到自己也難以置信的舞蹈。

也因此讓觀眾看得熱血沸騰。氣氛非常熱烈。

歡呼聲熱烈不已，螢光棒的光芒激烈地搖晃著。

由美子一煽動觀眾，觀眾便會給予超出預期的回應。周圍散發出驚人的熱量，受到這樣的熱量影響，歌聲變得更加強烈。好幾個呼聲重疊起來傳遞到臺上，煽動著觀眾本身。

是一場熱血的演唱會。氣氛無庸置疑地非常熱烈。

……不過……。

儘管如此，依舊比不上。

倘若有櫻並木乙女在，肯定不只這個程度。

會有更激烈的長浪覆蓋整個會場吧。

由美子這麼覺得，忍不住這麼覺得。正因為直接接收到觀眾的熱情，因為觀眾就在眼前，才更明白這點。

「唉，明明今天是來聽她唱歌的。」

那樣的聲音沉睡在非常深處。

這是無可奈何的，是無法消除觀眾那種想法的由美子她們不好。

歌曲結束的瞬間，儘管沐浴在熱烈的歡呼聲中，感覺卻十分空虛。

沒能超越乙女。

只有這樣的結果殘留在由美子她們的內心，演唱會便結束了。

「……妳在做什麼呀？」

活動結束後，由美子為了尋找千佳而在會場四處打轉，發現她坐在舞臺旁邊的階梯上不動。因為她坐在難以看見的位置，說不定是故意躲起來的。

外面已經入夜了。

乙女的經紀人開車來接她，她在離開前又道歉了好幾次後，先一步回去了。由美子她們也被說可以回家了。

因為已經換好了衣服，之後只等著離開。

千佳抱著膝蓋坐著。由美子過來時，她低頭面向下方。

看到抬起頭的千佳紅著雙眼，「原來這傢伙也會哭嗎？」由美子不禁抱持了這種奇怪的感想。

由美子也坐到千佳身旁。

她將寶特瓶裝的礦泉水放到千佳腳邊。

千佳瞥了那瓶水一眼，悄悄地開口說道：

「……這種時候想喝甜的飲料。」

「我說妳呀……」

儘管感到傻眼，但由美子也稍微安心了點。千佳似乎還有力氣說些任性的話。

「……佐藤，不好意思呀，讓妳陪我做傻事。」

千佳依舊抱著膝蓋，小聲地低喃。

「說了那樣的大話，還對妳煽風點火，卻是那種結果。丟臉到真想自盡。」

千佳的聲音好像真的會死掉一樣。

實際上用不著那麼悲觀。演唱會確實炒熱了氣氛，可以說兩人好好完成了工作吧。

不過，她們下定了決心。

就算櫻並木乙女不在，也要將氣氛炒熱到同等的程度，或者打造成更棒的演唱會。

明明像那樣充滿幹勁去努力，結果仍舊無法超越乙女。

由美子注視自己的手，稍微思考了一會兒後，開口說道：

「我也一樣要道歉才對喔。我的能力不足。當然渡邊的能力也不足就是了。」

雖然不打算一肩扛下責任，卻也不打算只讓對方承擔。

陪她做了傻事這句話也是搞錯方向了。

因為由美子也一樣想出場演唱會。

「……拜託妳別道歉。」

千佳的雙眼浮現淚水，然後就那樣低下了頭。可以看到她的肩膀在顫抖。

呼——由美子吐了口氣，將手放在千佳的頭上。她咚咚地溫柔拍打著。

原本以為手會被揮開，千佳卻老實地任憑由美子擺布。

「真想成為像乙女姊姊那樣厲害的聲優呢……不，要比姊姊更厲害。」

由美子靠在階梯上，茫然地這麼說道。

想變得更優秀。無論是演技、歌喉，或者其他方面都是。

這樣的感情不斷地接連湧上。心情明明平靜且沉著，卻可以感受到寄宿在內心的火焰旺盛地燃燒著。這會暫時留下影響吧。

「總有一天……要不斷努力又努力，在很多方面都變得非——常出色……然後超越乙女姊姊吧。下次一定要成功。」

由美子語氣平靜，但斬釘截鐵地說出願望。

不，與其說是願望，更像是目標。為了不斷奮鬥下去的目標。

為了跨越變成苦澀回憶的今天，由美子說出這樣的目標。

千佳抬起頭來，擤了一下鼻子。

她就那樣面向著前方，同樣平靜地說了：

「當然了……怎麼能就這樣結束。重新來過。今天就先重新練過再來吧。我跟妳都是。」

在彷彿被遺忘一般，沒有任何人造訪的場所，兩人說出聲來，互相確認彼此的決心。

※　※　※

木村在電腦前嘆了口氣。

得知夕暮夕陽、歌種夜澄就讀附近的學校一事後，過了幾星期。

那之後情報並沒有增加。木村回頭爬兩人的推特確認，把每一集高中生廣播都重新聽過了。如果兩人上其他廣播節目演出，他也會收聽那些節目。儘管這樣，依舊挖不到新情報。

不，正確來說，只有多了一個新情報，就是她們的班級是一班。以前她們曾說過這樣的話。不過，即使知道這件事又能怎樣呢？

「之後就只剩埋伏在各個高中前面這種方法了嗎……」

雖然不太想用那種俗氣的方法，但換個角度來看，或許也能說是挺浪漫的做法。

因為的確是那樣吧，自己從為數不多的情報裡找出了她們。

那樣的自己一個人佇立在校門口。這時少女現身了……

自己走近少女，悄悄地向她說「找到妳了」。

簡直就像電影裡的一幕。木村陶醉其中。

說不定能夠因為這樣的邂逅成為朋友，然後有更進一步的發展……

「清水那傢伙一定會感到懊悔吧……」

假如自己認識了夕姬，清水會擺出什麼表情呢？在他自稱是什麼「夕暮的騎士」，拚命上傳那些無聊的影片時，被其他男人拉開了壓倒性的差距。

追根究柢，清水只是以追星為樂，根本不是什麼御宅族。這種地方如實地顯現出他是多麼不思進取。

會有多麼痛快啊。

一想像那光景，嘴角就忍不住上揚。你活該啦——木村在內心如此吶喊著。

NOW ON AIR!! 第16回

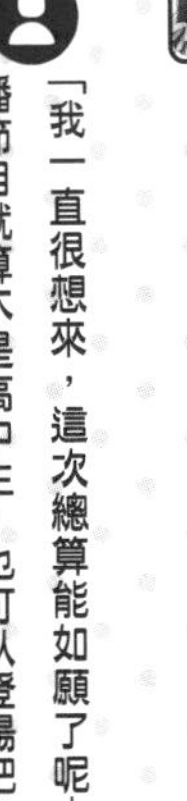
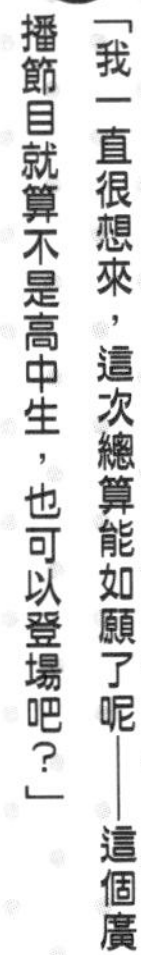

「好的！總而言之呢！今天有個大消息！就是有來賓蒞臨本節目！」

「是到了第16回才登場的第一位來賓喔～那麼，請進～」

「大家好——我是櫻並木乙女～小夜澄、小夕陽，我來嘍——」

「小櫻——！歡迎歡迎！歡迎光臨！」

「歡迎光臨本節目～」

「我一直很想來，這次總算能如願了呢——這個廣播節目就算不是高中生，也可以登場吧？」

「要是用那個條件限制來賓身分，能請的人非常有限喔……（笑）」

「所以我在想那樣會很辛苦呢……（笑）不過，等妳們兩人畢業，不再是高中生的話，這節目會變怎樣呢？會換名字嗎？」

「我曾經問過，導播說他沒想那麼多（笑）。」

「哎呀～畢竟我們還要過很久才會畢業呢～……（笑）」

「小夜與小櫻平常也會一起去玩對吧～？」

「對呀，會一起玩喔——之前小夜澄也有來我家過夜，玩得很開心吧？」

「嗯，很開心！真希望小櫻下次再找我去玩呢！」

夕陽與夜澄的高中生廣播！

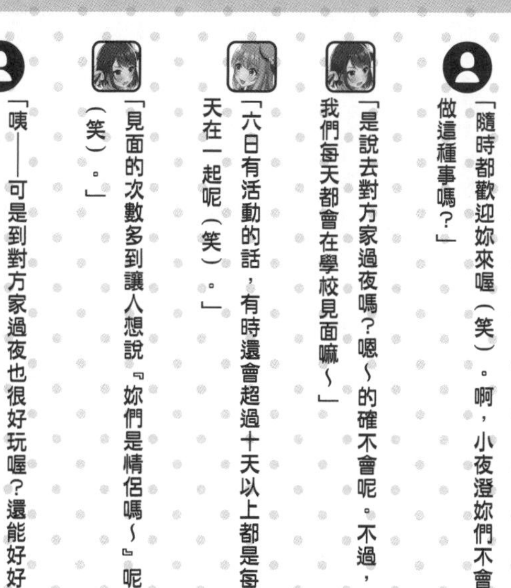

「隨時都歡迎妳來喔（笑）。啊，小夜澄妳們不會做這種事嗎？」

「是說去對方家過夜嗎？嗯～的確不會呢。不過，我們每天都會在學校見面嘛～」

「六日有活動的話，有時還會超過十天以上都是每天在一起呢（笑）。」

「見面的次數多到讓人想說『妳們是情侶嗎～』呢（笑）。」

「咦——可是到對方家過夜也很好玩喔？還能好好地聊個夠。之前我也跟小夜澄聊了一整晚呢。」

「……就……就是說呀。」

「……那……那麼小夜下次也來我家過夜嘛～」

「咦……咦——我可以去嗎～？」

「唔……嗯，沒問題～來嘛來嘛～……」

to be continued……

ＯＫ了——傳來這樣的聲音，因此由美子拿下耳機。

今天有乙女當來賓，所以感覺錄音間內比平常狹窄，坐的地方也不一樣。乙女坐在朝加旁邊，由美子與千佳則在兩人對面並肩而坐。

乙女呼一聲地吐了口氣，然後面帶微笑，悠哉地說著「辛苦了」。

由美子看著她那表情，大聲地喊了「姊姊！」乙女嚇了一跳。

「怎……怎麼了嗎？小夜澄。」

「妳不行說那種話啦！那樣當然會變成那種發展啦！」

「咦，不……不行嗎……？」

乙女露出困惑的表情。

這也難怪，因為這完全是由美子遷怒。

況且乙女只是由衷地說出「到朋友家過夜很好玩，可以試試看喔」而已。

不過，由美子根本不想到千佳家過夜。千佳也是同樣的心情吧。

但是，千佳有她少數幾個堅持。

「盡可能不在廣播節目中撒謊」。因為對粉絲表現出滿是謊言的形象，所以至少要減少謊言的數量。這就是千佳的堅持。

千佳一邊將身體前彎，同時用手摀住了臉。

「唉——……」

她深深嘆了一口氣後，用虛脫無力的眼眸看向由美子。

「妳什麼時候能來我家過夜……？」

由美子還是第一次碰到這麼心不甘情不願的過夜邀請。

我也不願意啊。由美子不禁想如此大喊。

所幸……不知能不能這樣說，但現在是暑假。

要安排到別人家過夜的預定很容易。

在下次廣播的錄音日，兩人決定錄音結束後就直接到千佳家過夜。

錄音結束後，兩人並肩離開了錄音室。明明工作剛告一段落，心情卻沉重不已，疲憊感重重地壓在肩膀上。

唉——由美子發出嘆息。從旁邊也傳來類似的嘆息。

「……我們走吧。」

千佳有氣無力地指著車站的方向。

由美子點了點頭之後，與千佳一同踏出步伐。兩人隨口閒聊。

「為了不增加在廣播節目裡的謊言，還跑到對方家過夜，我們真是聲優的榜樣呢。」

「是呀。居然將在家放鬆的時間提供給像妳這樣的野蠻人，我說不定是聖母呢。」

「哈。那麼，好心答應到沒朋友的聖母家裡的我，應該稱得上是天使嗎？」

「居然有如此濃妝豔抹的天使呢。」

「我可不想被歇斯底里的老太婆這麼說呢。」

兩人互相對望，露出緊繃的表情呵呵地笑著。

由美子從車站的寄物櫃拿出小型波士頓包，與千佳一起搭上電車。

車內比想像中擁擠，兩人並肩站在車門附近。

由美子茫然地眺望著窗外。外面的景色不斷流動，建築物的光芒照耀著黑暗的夜晚。

「噯。」

由美子的肩膀被輕輕戳了一下。

她轉頭看向那邊，稍微有些驚訝，因為千佳的臉比想像中還要靠近。千佳的頭髮碰觸到由美子的肩膀。

她似乎懶得發出不輸給電車聲響的音量，湊近到由美子耳邊開口搭話。

「晚餐，要怎麼辦？」

聽到千佳在耳邊這麼低喃，由美子起了雞皮疙瘩。

不愧是聲優，聲音真好聽。

她學會了奇怪的騷擾方式呢——由美子如此心想，想怒瞪千佳，但害臊的感覺勝過憤怒，導致由美子變成一臉複雜的表情。

看到這樣的由美子，千佳露出一臉不可思議的樣子。

……看來她似乎不是有意騷擾。

咳哼——由美子清了清喉嚨後，開口說道：

「妳平常都吃什麼呢？」

「便當店或家庭餐廳。回家路上就只有這些店而已。」

由美子想起千佳以前說過她是自己準備三餐。

從可樂餅那件事來想，她應該是過著以外食為主的生活，不太會自己煮吧。

雖然吃便當或家庭餐廳也行……

「……要不要我煮些什麼給妳吃？」

由美子小聲地低喃。她說這些並非有什麼特別深刻的含意。她覺得如果千佳沒聽見，那就算了。

不過，這番話似乎有確實地傳達給千佳，千佳驚訝地眨了眨眼。

「不……不用那麼費心啦……」

雖然嘴巴這麼說，但她一直窺探著這邊的樣子。

「……我……我問問當個參考，佐藤會煮什麼菜呢？」

「妳想吃什麼？」

要列舉自己會煮的料理實在太麻煩。見由美子如此反問，千佳難以啟齒似的扭扭捏捏了好一陣子，最後用努力擠出來似的聲音說道：

「……蛋包飯。」

「好喔。就煮這個。」

「！真……真的？不是半熟那種喔？是蛋有好好煎熟的那種！還有不要淋多蜜醬，番茄醬比較好！」

「知道了，知道了。」

她是小孩子嗎？由美子笑了笑。

由美子能夠把蛋漂亮地煎得軟嫩香滑，如果是多蜜醬的話，甚至講究到會自己製作，但既然千佳提出了要求，這也沒辦法。

「啊——那我們兩人一起煮晚餐，然後把照片發到推特上吧。」

「這想法很棒呢……就那麼做吧。」

雖然她對連連點頭的千佳究竟能幫上多少忙感到疑惑。

下了電車後，兩人繞到超市。對於「妳家冰箱裡有什麼？」這個問題，得到的回答是「飲料」；對於「有什麼食材？」這個問題，得到「只有米」這個非常強力的評論，因此由美子在超市買了所有需要的食材。說不定反倒應該認為還有米算不錯了。

兩人一起沿著住宅區前進時，「這裡。」千佳這麼說道，停下腳步。

由美子抬頭仰望，大吃一驚。

是電梯大樓。設置著玻璃門的入口處寬廣遼闊，當然是自動鎖。

千佳若無其事地進入裡面。由美子不禁東張西望起來。

在搭乘電梯時，由美子開口詢問：

「該不會連假設都不用，渡邊家其實很有錢？妳媽媽是做什麼的呢？」

「律師。還有父親給的扶養費，所以生活算是挺富裕的。」

「啊——……原來如此，那當然有錢了……不過，妳明明是有錢人，晚餐卻只吃可樂餅配飯什麼的，過著好像可以變成諺語的生活呢。像是『就算有錢也未必富裕』之類的。」

「拜託別把別人的飲食生活說成教訓……」

兩人沿著乾淨且氣氛寧靜的走廊前進，千佳打開家門。

屋內沒有大樓外觀那樣令人震撼，可以感受到生活的氛圍。房間本身相當寬敞，家具和裝潢也十分高雅，卻是非常平常的人家。由美子稍微鬆了口氣。

兩人肚子都餓了，因此立刻開始準備晚餐。

廚房同樣十分寬敞，即使兩人並肩而立，也能舒適地使用。

再加上廚房本身異常地乾淨。平常應該很少在用吧。

先煮飯吧——由美子如此心想，俐落地洗米。

「我該做什麼才好？」

千佳靜不下心似的這麼詢問。

「啊，糟了……應該請渡邊洗米就好了嗎……算啦。那麼姊姊，可以幫忙切雞肉嗎？要放入雞肉炒飯裡那種。」

千佳什麼也沒說地照辦。她將雞肉放在砧板上，右手用力地握緊菜刀。

不過，不知何故，她就那樣一動也不動了。

「……佐藤，雞肉應該切成多大塊才好？」

「啊？隨便切就好啦。」

「又來了。我真的很討厭妳這種地方。妳說的隨便，反正是隨口說說的隨便對吧？要是我切成非常大塊，主張『好——我隨便切了——』妳也會接受吧。妳說的話就是這麼一回事喔。」

「妳在抓狂什麼呀……切小塊點，小塊點。畢竟是要放入雞肉炒飯裡的，應該大概知道會是什麼樣吧。」

「是、是，又來了又來了，又是妳擅長的展示優越感。因為自己會煮菜，就講得這麼不客氣。說是那麼說，但妳所說的雞肉炒飯與我的雞肉炒飯，沒人能保證會是一致的吧？要是

我的雞肉炒飯是非常奇特的料理，要怎麼辦呀，妳能負起責任嗎？」

「真難搞！夠了，妳來洗米吧……剩下的就由我來弄……」

由美子擦乾手後，將菜刀搶了過來，要千佳負責洗米。

千佳露出有些不滿似的表情，但結果依舊照辦了。

「我洗好了。接著要做什麼才好？」

由美子手腳俐落地準備蛋包飯，過了一陣子後，收到千佳這樣的報告。

由美子煩惱起來。

原本想讓千佳弄沙拉什麼的，但照剛才的樣子來看，她可能就連沙拉都弄不好。

讓她幫忙的話，感覺會浪費更多時間。

聽到小孩說「我想幫忙」時的母親，是這種心情嗎……就在由美子這麼思考時，想到了一個好主意。

「啊，那麼，這邊已經差不多了，渡邊再追加一道菜吧。妳會煮什麼？」

那樣似乎比較能增加兩人一起煮了晚餐的感覺。她應該還是會煮一兩道菜吧。

千佳讓視線在空中徘徊一會兒後，擠出聲音說道：

「煎……煎蛋的話……」

「喔喔。不錯嘛，煎蛋。我滿喜歡的喔。我想吃。」

「可……可是，因為已經有蛋包飯，這樣又是蛋料理喔，沒關係嗎？」

「沒關係，沒關係。」

由美子輕揮著手，如此說道。千佳默默地走向冰箱。

兩人暫時埋頭於各自的作業中。

這邊的料理已經全部完成了，因此由美子將料理端到桌上。

將料理放在高雅的木製餐桌上，看起來相當可口美觀。

圓滾滾的蛋包飯按照千佳的要求，確實地煎熟了。散發亮麗光澤的蛋皮閃閃發光，鮮紅的番茄醬在正中央增添了色彩。

另外還有玉米濃湯與沙拉繽紛了餐桌。

拜萵苣與番茄之賜，色彩也很豐富。

之後再加上千佳的料理就完成了。

雖然煎蛋擺在這裡有些不搭調，但發到推特上時補一句「這是小夕擅長的料理！」之類的推文就行了吧。

「很好。之後只剩把渡邊的料理擺上去拍照了。煎蛋呢？」

「…………」

聽到由美子這番話，千佳把盤子端了出來。

她叩咚一聲地將盤子放到桌上。

由美子看向盤子。淡黃色的扭曲圓形搭在摻雜著黑色與褐色的蛋白上。形狀不完整的蛋

黃有兩個，無論哪個都已經破裂，扁平塌陷。

……這就是煎蛋？不，這是……

「這不是煎蛋，是荷包蛋嘛！而且妳還煎到燒焦了！」

荷包蛋。只是在平底鍋上將蛋放下去而已。而且還燒焦了，燒焦得超厲害。

千佳默默地將荷包蛋從餐桌上移開後，用手機拍起了料理的照片。

她準備將照片發到推特上。推文是「小夜來我家過夜了☆我們兩人一起煮了晚餐喔！」這樣的內容。

由美子為了搶奪手機，伸手抓住千佳。

「妳、這、傢、伙！別開玩笑了，渡邊根本什麼都沒做吧！是哪來的誰說不想撒謊的啊！」

「妳真囉唆呢，我有好好地煮了飯！我也有權利主張是兩人一起煮了晚餐！」

「那就把荷包蛋也一起擺上去，向大家宣告『這是我做的！』啊！」

儘管兩人吵吵鬧鬧地爭論了一番，但結果千佳依舊堅持不把荷包蛋放回桌上。

由美子無可奈何，也拍了照片。

她發推文告知自己到夕暮夕陽家過夜一事。

這時她忽然注意到一點。自己很自然地上傳料理的照片。

上傳了以前針對自身環境多方考慮後，結果從未上傳過的料理照片。

「？妳怎麼了呀。快點開動吧。」

不知何時已經就坐的千佳這麼催促，由美子也坐了下來。

由美子看了看儘管雙眼閃閃發亮地盯著料理，仍乖乖等待的千佳。

……偶爾這樣子或許也不錯。

偶爾，偶爾的話啦。

可以吃了嗎？可以吃了嗎？對於用眼神如此訴說著的千佳，請用——由美子這麼催促。

彼此雙手合十，齊聲說道「我開動了」，開始這場稍微晚了點的晚餐。

「！好好吃……佐藤，這好好吃喔。好啦，快吃吧。真的非常好吃。」

「我知道啦……妳興奮過頭了吧。又不是小孩子。」

千佳吃了一口蛋包飯後，立刻興高采烈地要由美子也趕緊享用。

因為煮的人是自己，由美子大概能預料到是什麼味道……只不過，看到一臉開心地吃著的千佳，由美子坦率地認為「煮了這些菜真是太好了」。

然而，有道難關阻擋在途中。

就是荷包蛋。

還剩下燒焦又形狀不完整的荷包蛋。

也不能不吃掉，由美子做好心理準備後，將荷包蛋送入口中。

瞬間，燒焦味穿透了鼻子。實在沒辦法說是好吃。

但是，畢竟是千佳難得幫忙煮的料理，老實說出感想似乎也不太好。

「呃……雖然有一點燒焦，但不至於不能入口……」

「燒焦味臭到我嚇一跳呢。煎失敗了。普通地難吃。」

「可以把我的體貼還來嗎？」

兩人一邊夾雜著這樣的對話，同時吃完大約一半的料理後，由美子想起一件事，告知千佳。

「對了。我也煮了渡邊媽媽的份，妳記得先通知她一聲喔。放在冰箱裡。」

「……妳甚至還幫忙煮了她的份嗎？」

「不用講得那麼誇張啦。只是順便而已，順便。畢竟要在妳家過夜嘛。」

由美子啊唔一聲地吃了口蛋包飯，用輕鬆的態度這樣說道。煮兩人份和三人份都沒什麼差。

不過，千佳似乎非常感激的樣子，她急忙地打起了訊息。

由美子遲遲沒有發現，看到千佳這種模樣的自己正露出微笑。

「呼——……裡面很寬敞，而且浴缸也很大這點真棒呢……」

由美子進入浴室，不禁發出感嘆的聲音。充滿清潔感這點也讓人抱持好感。

家裡也整理得井然有序，說不定千佳和她母親十分愛乾淨。

用完晚餐後，千佳說了「碗盤我來洗，妳先去洗澡吧」，因此由美子像這樣恭敬不如從命。

在洗完頭髮和身體後，由美子將身體浸入寬敞的浴缸裡。她自然地從口中吐出放鬆的氣息。

感覺好舒服。

在別人家裡悠哉地泡澡，就會湧現「啊，來別人家過夜了呢」這種莫名的真實感。

「水溫沒問題嗎？」

就在由美子噗嚕噗嚕地搖晃著熱水時，千佳打開盥洗室的門，如此問道。

「啊——沒問題。」

「是嗎？」

她特地跑來問這種事嗎？由美子這麼心想。但千佳似乎有其他要做的事。

千佳沒有離開盥洗室，發出了窸窸窣窣的聲響。

正在洗澡時有人待在盥洗室的話，總覺得心神不寧。

她能不能快點出去呢——就在由美子這樣心想時，門打開了。

是浴室的門。

「啥？」

由美子發出愣住的聲音。因為一絲不掛的千佳就站在那裡。

沒曬到太陽的白皙肌膚沐浴著燈光，暴露出她纖細的身體。

緊實的腰部描繪出圓滑的曲線，纖細且漂亮的雙腿散發的性感魅力非比尋常。雖然沒有胸部，但對喜歡苗條美女的男人來說，是讓他們垂涎三尺的好身材。

千佳坐在浴室椅凳上，用蓮蓬頭開始弄濕頭髮。

「我……我說妳呀，為什麼跑進來了？有必要一起洗嗎？」

由美子提出極為正當的疑問。不知何故，千佳露出大膽無畏的笑容。

妳不曉得嗎？她露出彷彿想這麼說的表情，胡說八道起來。

「這就是所謂的袒裎相見喔。女性聲優有時會一起洗澡吧，偶爾也會在廣播上聽到那樣的話題。既然如此，我們也得先體驗一下才行。」

千佳一臉得意地如此說道，讓由美子頭痛了起來。

會犯這種錯嗎？

由美子一邊用手指按住太陽穴，一邊向千佳指謫她的錯誤。

「……有喔，的確有那麼回事，我也在廣播裡聽過。可是呢，渡邊，那都是指在公共澡堂或溫泉一起洗澡的事情，不會像這樣兩人一起在家裡的浴室洗澡。」

「…………………」

千佳的動作突然停住了。

她依舊面向前方，陷入沉默。

試著回想之後，她總算察覺到自己的錯誤了吧。

由美子又補了一刀。

「一般是不會在家裡浴室搞什麼袒裎相見的！這種距離感絕對很奇怪吧！就算是要搞曖昧，也會因為猛踩油門嚇跑粉絲的！在廣播節目上也沒辦法聊這種事啦！」

「………………妳別那麼大聲。只是個小玩笑而已嘛。」

不過是開個玩笑啊？千佳擺出這樣的表情。

她就那樣淡然地開始洗起了頭髮。

……她馬上就會像這樣笨拙地敷衍過去。

無論如何，因為千佳奇妙的耍笨，變成了兩人一起在家裡浴室洗澡這種狀況。要是千佳的母親在這時候回來，好像會被誤解成奇怪的關係。

千佳在奇怪的地方很天真呢……由美子這麼心想，看向洗著頭髮的千佳。

她舉起雙手洗著頭，因此能清楚看見她的身體。泡沫滑過肌膚。從手臂滑落到腋下、從腋下滑落到胸前，由美子觀察著逐漸滑落下來的泡沫，不禁從嘴裡吐出坦率的感想。

「姊姊，妳的胸部真的平坦到讓人大吃一驚呢……」

「啥？」

「凶欸……」

千佳毫不在乎泡沫會跑進眼睛，眼神凶狠地瞪著這邊。

真是驚人的眼力。由美子沉默下來後，千佳哼了一聲，重新面向前方。

「小時候應該學過『不可以批評別人的長相』吧。不能講出來喔。」

「妳一天到晚嘲諷我的外貌在先，好意思說這種話？而且，應該說戲弄沒胸部的人算是一種傳統娛樂嗎，這才是聲優廣播常見的話題吧。」

「假如妳在廣播節目上取笑我的胸部，我會在那一瞬間把妳的胸部咬下來喔。」

「凶欸………」

不過千佳真的很介意平胸，還是別再提這件事了吧。

由美子決定什麼也不想地享受熱水澡。

當她回過神時，千佳已經洗好了身體。

在這之後，一般來說應該會進入浴缸泡澡。但現在有由美子在，千佳會怎麼做呢？要是她就那樣打算離開，由美子依舊會把浴缸讓出來就是了。

但千佳並沒有特別猶豫，很自然地進入了浴缸。

由美子慌忙地動起了腳。

然而，千佳接下來採取的行動，讓由美子發出「喂」的聲音。

千佳不是面對面地進入，而是背對著這邊，靠到由美子身上。

「哎呀真神奇。明明看不見佐藤的身影，卻只聽得見聲音呢。」

「欠扁喔。要兩個人一起進浴缸的話，一般會面對面才對吧。」
「但這樣子很舒適呢。我可以不用看到佐藤，背後又很柔軟。」
「重量都是我在扛耶？」
千佳大概覺得只是比平常狹窄一點，但由美子可是擠得不得了。
千佳的身體整個填滿由美子雙腳打開的地方。
她白皙的肌膚染成粉紅色，散發出更強烈的光澤與魅力。
頭髮濕漉漉的，洗髮精的香味從剛才開始就搔癢著鼻腔。
「嗯呀！」
因為實在太礙事，由美子戳了戳千佳的側腹，千佳頓時嚇了一跳，發出尖銳的叫聲。
她慌張地與由美子拉開距離，重新坐到面對面的位置上。
「妳……妳竟然戳我側腹。真下流。」
「在別人洗澡時闖進來的人才更加下流吧。」
千佳立刻想反駁些什麼。
但她的動作停了下來，視線集中在一點上。
視線前方很明顯的是由美子的胸部。
因為同樣是女生，被看到也不覺得害羞。但這麼明顯地被盯著看，依舊讓人有些抗拒。
見由美子用雙手遮住胸部，千佳猛然回神，抬起頭來。

兩人四目相交。

看來似乎不是誤會還什麼的，千佳好像一直在凝視由美子的胸部。

「……妳盯著別人的咪咪看太久啦。」

聽到由美子如此警告，千佳難得老實地說了「對不起」，向由美子道歉。

「因為妳的胸部實在太雄偉了，我忍不住盯著看。我並沒有惡意，希望妳原諒我。」

「妳對胸部的態度跟平常也差太多……雖然妳說很雄偉，但又不是真的非常大啊。不過對一點料都沒有的渡邊來說，可能算大就是了。」

「是呀，跟我的截然不同。」

「……………………」

對於由美子等待吐槽所說的話，千佳回以冷靜的自我分析。

平常明明那麼愛唱反調，為何一碰到胸部的事情就變得如此老實呢？

雖然千佳沒有再很明顯地盯著看，但她仍不時望向胸部。

由美子實在忍受不了那種沉默，開玩笑地開口說道了。

她是想結束這種氣氛。

「妳這麼在意的話，要摸摸看也行喔。」

「可以嗎！」

……可以嗎！

跟預料不同的反應讓由美子感到困惑。在由美子支支吾吾的時候，千佳雙手合十，膜拜了起來。

「感謝妳，佐藤。我沒想到妳竟然如此慈悲為懷。」

她甚至說出了這種不知所云的話。

咦，這是什麼情況？

這下不讓她摸不行了嗎？不提供胸部的話，已經沒辦法平息這種狀況？

就在由美子陷入混亂時，千佳很快地上前。

「不好意思，可以麻煩妳將上半身從熱水裡抬起來嗎？畢竟機會難得，我想直接觸摸。」

「咦？啊，好。」

由美子當場跪坐起來，照千佳說的將上半身從熱水裡抬起。

千佳目不轉睛地注視暴露出來的胸部，然後毫不猶豫地伸出了手。

唔咪──她一把抓住。她沒有使力，溫柔地搓揉著。

每當她的手指動起來，胸部的形狀就會改變，手指輕輕地沉下去。

「哦──……喔──……原來如此，是這種感覺呢……」

她不停地感到佩服，同時一直移動著雙手。每當她手指一動，就覺得好癢。

千佳一邊將臉湊近，同時仔細地觀察胸部，有時會發出感嘆的聲音。

由美子不曉得該怎麼做才好。

她將視線從心無旁騖地搓揉著胸部的廣播搭檔身上移開，只是盯著浴室的牆壁看。

這是什麼狀況？

與同學一起在家裡浴室洗澡，然後被對方搓揉胸部這種狀況。

到底發生什麼事情才會變成這樣？這是怎麼回事啊？為什麼我被搓揉著胸部呢？

由美子只覺得莫名其妙。

在纏人地搓揉胸部一番之後，唔呼——千佳伴隨著滿足的呼氣，放開了手。

「謝謝妳，我滿足了。真的謝謝妳。」

她再三向由美子道謝。

「很棒的胸部。不只是大小，我認為彈力與形狀也非常出色。給妳一個優良的評價吧。」

「不要對別人的咪咪評分啦。」

「佐藤是那個呢，雖然胸部大，但腰很纖細，凹凸的曲線也很漂亮，十分不錯呢。屁股的形狀也很棒。只有身體是滿分一百分喔。」

「呃，那已經是在說我壞話了吧。我要揍人嘍。」

「我是在稱讚妳耶……我現在甚至首次覺得真的很慶幸妳是廣播節目的搭檔。」

「我的價值只有身體嗎？」

嘩啦——由美子將身體到肩膀的部分都浸泡到熱水裡，伸腳踢了踢千佳的腹部。

妳太靠近了，離我遠一點——這樣的意思似乎傳達給千佳了，千佳乖乖地將身體往後退。

她也重新將身體浸泡到肩膀。

呼——由美子吐了口氣。千佳吐出類似的嘆息。

「…………………」

「…………………」

叩咚——千佳的腳撞上由美子。

由美子一邊假裝沒注意到那點，一邊看向千佳的模樣。

一冷靜下來，就會重新認識到這種狀況果然很異常。

都已經是高中生了，居然還一起洗澡。

……感覺事到如今才害羞起來。

「妳說點什麼嘛。」

由美子忍受不住沉默，吐出了這樣的話。

原本以為千佳會抱怨如此隨便的提問。但她小聲地開口說道：

「……關於剛才那個胸部的話題。如果能讓內容變得有趣，在廣播上提到也可以喔。」

由美子猜不透千佳的意圖，看向她的臉。

她已經不像剛才那樣興奮，而是一臉憂鬱地注視著牆壁。

由美子莫名地領悟到。

大概是她自己說的那句「很慶幸妳是廣播節目的搭檔」，稍微啟動了什麼開關吧。

「……如果提到胸部的話題能讓收聽率變高，我當然會那麼做啦。不過最近狀況似乎愈來愈差了呢，我們的廣播節目。」

「夕陽與夜澄的高中生廣播！」不如想像中受歡迎，支持度遲遲沒有提升的跡象。

雖然很多人因為覺得新鮮而收聽，但沒有成為固定聽眾。因為除了「夕陽與夜澄同校且同班」這一點之外，缺乏任何獨特性。

要在眾多節目中脫穎而出，需要其他不一樣的特色。

由美子和千佳為了保持可愛的偶像聲優角色形象，不能聊太亂來的話題，也沒有強烈的個性。

既然如此，就看人氣。

由美子最近一直在思考一件事。

如果自己是能跟夕暮夕陽並肩的當紅聲優就好了。

看到陷入沉默的由美子，千佳悄悄地低喃：

「要是我更會聊天就好了……」

「不對。要怪我沒什麼人氣。」

由美子反射性地這麼反駁。那聲音堅決且銳利。

她猛然回神並看向千佳，只見千佳露出驚訝的表情。

……搞砸了。這樣根本是遷怒。

抱歉——由美子如此說道，站起身來。

「我先出去了。我可能泡到有點頭昏。」

由美子平常就會長時間泡澡，所以才泡這一下子根本還不算什麼。但她現在如坐針氈。

倒不如說，這種狀況原本就很異常。

在即將離開浴室前，由美子轉過頭，對千佳露出笑容。

「與其聊胸部的話題，不如聊聊剛才這種情形，大概會更有趣喔。就是渡邊搞不清楚狀況，闖進家裡浴室這件事。」

由美子像在揶揄似的說道。千佳的臉猛然漲紅起來，這讓由美子稍微舒暢了一些。

她笑著關上浴室的門。

兩人穿上睡衣，移動到千佳的房間。

她的房間簡單大方。

書桌與床舖、電視和收納櫃。牆壁上掛著制服。收拾得十分整齊，無論是以女高中生來

說，或是以聲優來說，這房間都毫無特色。

並排在櫃子上的白箱算是少數有聲優樣子的地方嗎？

「因為渡邊喜歡機器人，我還以為妳房間會有塑膠模型和公仔之類的。」

由美子小聲低喃。千佳聳了聳肩。

「因為我母親討厭那些東西。她看到動畫的藍光光碟也會擺出厭惡的表情呢。」

「唉……真辛苦呢。原來妳不是沒在收集，而是不能收集嗎？」

「但我並不是沒有任何收藏喔。神代導演的作品我都有收藏藍光光碟，也有公仔和塑膠模型喔。」

「……妳藏在哪裡？」

「祕密基地。」

千佳如是說，宛如少年惡作劇似的笑了笑。

真罕見的表情。她坦率地笑的話，明明臉蛋很可愛呢——由美子稍微這麼想。

就在兩人聊著這些無關緊要的話題時，夜也更深了。

千佳在床鋪旁邊幫忙鋪了棉被，因此由美子躺在棉被上滑著手機。

千佳在床上仔細閱讀某些資料。

千佳的手機振動了一下。她看了看螢幕，發出「唔」的一聲。

「怎麼了嗎？」

「……經紀人傳來的。他好像看了推特，稱讚了料理的照片。他希望我多發一些有朋友來過夜那種感覺的照片。」

「有朋友來過夜那種感覺的照片嗎……」

雖然有種「跟我說這些也沒用啊」的感覺。但自己也拍些什麼比較好嗎？由美子思索起來。

「乾脆把現在的妳拍下來，事情就簡單了。」

雖然千佳應該不是認真的，但看到她將手機鏡頭對準這邊，由美子不禁捏了一把冷汗。

她用手擋住了臉。

「饒了我吧。我現在完全沒化妝耶。」

「我覺得比妳平常的辣妹裝扮被拍下來要好多了。」

儘管嘴上這麼說，千佳依舊乖乖地放下了手機。

她暫時陷入沉思，但似乎想到了什麼。

她從床上下來到棉被這邊，將身體湊近到肩膀貼在一起的距離。

「幹嘛？」

她沒有回答由美子的疑問，操作著手機。她用空著的那隻手在肚子前比了個和平手勢。

這讓由美子察覺到千佳的意圖，由美子也比出和平手勢，和千佳的手貼在一起。

傳來啪嚓的拍照聲。

「這樣如何？」

千佳將螢幕秀給由美子看。螢幕上映照著千佳與由美子穿的睡衣特寫。拍到的部分是從腹部到腰部一帶，兩人的手在身體前面並排著。

不錯啊——聽到由美子如此回答，千佳就那樣開始操作起手機，維持著與由美子肩靠肩的狀態。千佳纖細的肩膀讓人擔心，碰觸著的話會莫名不安。

她的頭髮滑落到肩上，一摸之後發現觸感很溫柔，讓人感到寧靜。

由美子用手指捲著千佳的頭髮把玩，髮絲纏繞上指尖。

這讓人感覺十分舒適，由美子不禁玩了起來。

「推文發好嘍。」

千佳看向這邊，如此報告。她的臉比想像中靠近。

這時千佳的動作忽然停了下來，她的視線緊盯著由美子的臉看。

「怎樣……？」

「沒事。妳平常明明化那麼濃的妝，肌膚卻很漂亮呢。」

「是嗎？嗯，對啊。畢竟我有好好在保養嘛。」

被她坦率地稱讚，讓人有一點害羞。由美子不禁移開視線。

千佳卻緊盯這邊不放。她仍然目不轉睛地看著，開口說道：

「佐藤，妳不化妝比較可愛喔。」

「……那樣我不覺得開心。」

由美子不耐煩地回嘴。

「妳可能是抱著在稱讚我的打算那麼說，但那番話對聽的人來說很微妙喔。」

「不要緊。因為我的確是在貶低妳，妳抱著那樣的打算聽就行了。」

「這傢伙……」

千佳感到滑稽似的笑了笑，然後將體重靠到由美子身上。

「噯，小夜。」

「怎樣，小夕。」

「妳立志成為聲優的契機是什麼？」

「怎麼突然問起這個啊？」

以睡前的閒聊來說，這話題有些沉重。

就在由美子不知該怎麼回答時，千佳指了指被拋棄在床上的資料。

「因為必須在雜誌的訪談上回答這個問題。要寫下來交出去呢。」

原來如此。

千佳原本在整理想法，但手機的通知讓她那種心情中斷了——大概是這麼回事吧。

由美子對這種作業的棘手程度也有切身體會，因此她決定老實地回答。

「我之前也說過，我很喜歡『魔法使泡沫美少女』系列。小時候我一直在觀賞。我媽因

為工作晚上不在家，況且我小時候外婆也在工作，我單獨在家的時間很長呢。所以我一個人觀賞『魔法使泡沫美少女』……然後就對這個世界抱持了嚮往，大概是這種感覺。我以前很想成為泡沫美少女呢。」

對泡沫美少女的嚮往不知不覺間轉變成對演出者的憧憬，讓由美子開始盼望自己也能與這個世界相關。

雖然隨著年齡增長，母親和小酒吧對自己的影響也變得強烈，導致外表變得花俏起來，但由美子並沒有忘記當時的心情。

聽到由美子這番話，千佳暫時陷入沉思。

過了一陣子後，她靜靜地開口詢問：

「佐藤，妳能夠在訪談上那樣回答嗎？」

「沒辦法全盤托出。我想只會提到自己喜歡泡沫美少女這件事吧。」

跟以前沒有上傳料理照片的理由一樣。

由美子的夢想與家庭因素相關。

雖然被知道也沒什麼好傷腦筋的，但也不是現在應該說的事情。

「就是說呀。」

呼——千佳吐了口氣。

由美子從她那副模樣察覺到了。千佳立志成為聲優的契機，也是屬於「現在還不想談的

話題」吧。

「渡邊呢？」

「嗯？」

「妳也有吧，成為聲優的契機。是什麼呀？」

看到平常的渡邊千佳，可以知道她並不是那種嚮往華麗世界的人。

她以前也曾針對偶像聲優發牢騷。

自己並不是想做這種事。

儘管那樣哀嘆，她仍執著於這個世界。

千佳沒有立刻回答，在原地重新坐好。

她雙手抱膝坐著，將下顎放在膝蓋上。

她沉默了一陣子後，緩緩地開口說道：

「我的父親呀，是動畫師喔。」

「……是哦。」

出乎意料的話題開頭，反倒讓由美子的反應變得平淡。

沒想到竟然是業界人士。

「在父母還沒有離婚前，我很喜歡觀賞父親有參與的作品。他會告訴我『這裡是我畫的喔』，我很興奮地說著好厲害好厲害。父親在製作作品這件事讓我感到自豪，後來，替父親

的作品配音就變成了我的夢想。我有了想成為聲優的念頭。這就是契機。雖然母親沒給什麼好臉色。」

「是這樣嗎？」

「因為她原本就不是能理解動畫的人。光是跟父親同個業界，她似乎就不能接受。」

「……為什麼妳媽媽不能理解動畫，卻跟動畫師結婚了呢？這樣說不太好，但感覺律師跟動畫師好像不太會有接觸。」

「聽說是從學生時代就認識的孽緣。以前相處得還不錯，但父親埋首於工作，後來就鬧翻了。」

由美子似乎能想像到。動畫師的工作總之非常繁重。愈是努力就愈是忙碌，與家人漸行漸遠。

嗯——由美子在內心如此呻吟時，千佳嘆了口氣。

「母親對我從事聲優一事也是抱怨連連呢。像是『我沒想到是這種工作』、『別再做那種丟人現眼的事情了』之類的。」

「…………………」

對於這個問題，由美子也不能說什麼。

雖然由美子的母親能夠理解，但會面露難色的父母應該比較多吧。

「她其實根本不在乎我，只是想抱怨而已。既然如此，真希望她乾脆不要管我，但還得

顧面子不是嗎？身為母親，她好像希望我放棄聲優這個工作。」

唉——千佳大大嘆了口氣。

她將臉埋在膝蓋之間，用無力的聲音說了：「真麻煩……」

由美子也不能說什麼。她無可奈何地將話題拉回來。

「……實在挺意外的呢，渡邊成為聲優的契機。雖然在訪談上看到應該會很有趣，但這個……」

「沒錯，無法在訪談上回答……說真的，要到何時才能只專注在聲音的工作上呢？」

叩咚——千佳將頭靠到由美子的肩膀上。她難得地軟弱下來。

或許這個問題在她的內心根深蒂固。

剛才那番話很有趣，也能接觸到夕暮夕陽私人的部分，卻是現在還不想提的話題。

由美子看向千佳。

她稚氣的表情滲透出疲憊。

只要看到平常那個陰沉的千佳，就能感受到扮演可愛的女孩子對她而言十分痛苦。

雖然由美子也是在演戲，但負擔並沒有那麼重。因為粉絲會感到開心，讓她能坦率地想要去扮演。

不過，千佳不一樣。

「……要是能早點變得不用勉強自己就好了呢。」

由美子的聲音無意識地變溫柔起來。

不是諷刺之類的，而是打從心底說出的話。能變成那樣就好，能以千佳期望的形式穩定下來就好。由美子現在這麼覺得。

不過，或許是很意外由美子會這樣說嗎？千佳拉開身體距離，目不轉睛地注視著由美子的臉。她眨了眨眼睛。

千佳一言不發地盯著這邊看的模樣，簡直就像貓一樣。

她說不定沒有理解到這邊說的話……就在由美子想著這些傻事時，千佳的表情變了。

「呵呵。真是的。」

千佳甜甜地笑了。

是很符合她年紀的柔和笑容。

原來她能這麼可愛地笑嗎？由美子不禁看入迷了。

「聽妳這樣說我覺得很開心。我最近有一點，真的只有一丁點，有時也會覺得當偶像聲優也挺快樂的喔。」

「咦，是這樣嗎？妳之前明明那麼排斥。」

「所以說只有偶爾呀。不過欺騙粉絲這點依舊沒變，所以我還是希望能早點收手。但是，嗯……」

千佳小聲地低喃了些什麼後，匆匆地站了起來。

「我……我要睡了。」

像是在掩飾害羞一樣，她慌張地回到床上。

千佳迅速地蓋上棉被。因為她背對著這邊，已經看不見她的表情。

「…………………」

由美子搔了搔臉頰。她沒聽見千佳最後說了什麼。是啊，沒聽見。

由美子決定也跟著睡覺。她關掉電燈，鑽入被窩裡面。

由美子眺望著陌生的天花板。此時，依然背對著這邊的千佳開口說道了：

「佐藤，晚安。」

「……晚安。」

沒想到會跟千佳像這樣在睡前打招呼。

由美子有種不可思議的感慨，同時閉上了眼睛。

由美子迷迷糊糊地睡了一陣子，但一點小聲響讓她醒來了。

她爬了起來。房間還很暗。

床上的千佳仍在睡夢中，正發出規律的呼吸聲。

由美子來到走廊後，發現聲響的真面目。

聲響是從客廳傳來的。應該是千佳的母親回來了吧。雖然沒有確認時鐘，但現在是大半夜。真是辛苦呢——由美子一邊如此心想，一邊借用了廁所。

從廁所出來後，她到客廳觀察情況。

跟預料的一樣，由美子看見了一名女性的身影。是一身西裝打扮，留著短髮的女性。

她似乎才剛回來。只見她將公事包放在腳邊，在廚房喝著水。

「歡迎回來。打擾了。」

由美子這麼搭話，女性頓時轉過頭來。

第一印象是「跟千佳長得很像」，臉部的輪廓一模一樣。千佳凶狠的眼神似乎是遺傳自母親。女性一臉倦容，疲憊化為皺紋，刻劃在她臉上。

就好像上了年紀的千佳一樣。

「啊……就是妳呀。歡迎光臨。沒辦法好好招待妳，真是抱歉呢。」

是個說話方式平靜且淡然的人，感覺是很嚴格的母親。看著她就能想像到她對千佳當聲優一事提出忠告的樣子。

或許該慶幸自己是在沒化妝的狀態下見到她，而不是平常的辣妹打扮。

由美子報上全名後，指了指冰箱。

「也有準備阿姨的晚餐，您要現在吃嗎？」

「……也是呢。我是打算享用。」

「那麼，請您到房間換個衣服再來吧。我先幫您加熱。」

聽到由美子這樣說，女性頓時驚訝地眨了眨眼。她客氣地說著「不用這麼費心啦……」露出困惑的表情。說話方式跟千佳一模一樣。

「沒關係啦。」由美子推了女性一把。看到疲憊的母親，實在會忍不住想照顧一下。女性有些在意這邊，但仍乖乖地到房間換衣服了。

由美子趁這段期間加熱料理。

她想準備飲料，結果在冰箱裡發現罐裝啤酒。她眺望著那些啤酒時，已經換上居家服的千佳母親走進客廳。

「阿姨，您要喝啤酒嗎？」

「咦？啊，喔，也是呢，那就喝一下好了……」

「了解。」

由美子拿出罐裝啤酒，看了看餐具櫃，發現感覺不錯的玻璃杯。她將啤酒倒入杯子裡。

由美子催促無事可做的千佳母親坐下來後，先將啤酒放到桌上。

「晚餐請您再稍等一下喔。」

「謝……謝謝妳……看妳很熟練的樣子，妳平常就會做這些事嗎？」

「啊，嗯，的確，因為我家也是母女兩人一起生活。」

由美子如此回答。千佳母親稍微瞠大了眼。

「……這樣啊。妳很可靠呢。」

嗯，跟妳女兒比起來的話啦……由美子將差點冒出的話吞回肚裡。

由美子回到微波爐前。此時，千佳母親向由美子搭話了：

「嗳，我說妳呀，妳也是聲優對吧？」

「啊——是的，是那樣沒錯。您從渡……從千佳同學那裡聽說了？」

「沒有。那孩子是說『朋友會來過夜』，但我從未聽說那孩子有那麼親密的朋友。我只是覺得反正八成是工作上的同事吧。」

……真敏銳。

由美子在微波爐前稍微僵住了。

千佳是想對母親隱瞞有聲優會來的事情吧。

倘若聽到有聲優同伴要來家裡過夜，母親的臉色搞不好會很差。

因為加熱好了，由美子將料理端到桌上。

即使看到溫暖的料理擺在眼前，千佳母親依然面不改色。

由美子補了句好聽的場面話。

「這是我跟千佳同學兩人一起做的喔。」

「……反正幾乎都是妳做的吧。我很難想像那孩子有這麼心靈手巧。」

馬上就穿幫了。但對方是母親的話，這也沒辦法。

「那孩子做的是這個形狀不完整的荷包蛋?沒錯吧?」

她指著那個荷包蛋。

千佳似乎沒有做料理請母親吃過，因為機會難得，就先留了一個荷包蛋下來。另一個則跟千佳一人一半吃掉了。

千佳的母親用冷淡的眼神俯視著荷包蛋。

但她率先夾起的正是那個荷包蛋。

縱然她一放入嘴中，立刻露出了苦瓜臉。她小聲地低喃：

「我以前經常做這個呢。儘管不曉得那孩子是否記得這件事。」

「……是哦。」

那還真是不得了。由美子悄悄地露出微笑。

因為料理都端上桌了，就在由美子思考是否差不多該回房間時……

「可以問妳一些事嗎？」千佳母親要由美子坐下來聊聊。

是什麼事呢？是關於令嬡慘兮兮的廚藝嗎？

「妳從事聲優這工作，令堂有表示什麼嗎？」

唔喔，被試探了。

身為母親果然會在意這些事情吧。

雖然覺得問女兒的同事這種事情，似乎不太妥當。

對於目不轉睛地注視這邊的千佳母親，由美子用手指了一下料理。會冷掉喔。聽到由美子如此告知，千佳母親輕輕地拿起湯匙，將蛋包飯送入口中。

吃了口蛋包飯後，感覺她的表情稍微和緩下來了。

「我家是隨我自由發揮呢。我媽媽表示『由美子想做的話，就去做吧』。」

「是很棒的母親呢。」

她低喃似的說著，喝起了湯。

這句話是否出自真心，感覺有些微妙。

就算她覺得「真是不負責任的母親」也不奇怪。

千佳母親仍然低頭看著湯，像在自言自語般說了起來。

「或許不該對同樣是聲優的妳說這些話，但我實在不覺得那是份好工作，不穩定又不曉得明天會變怎樣，沒有任何保證的工作不能說是職業。現在是還好，但竟然想靠那工作吃一輩子……真教人毛骨悚然呢。」

她絲毫不掩飾陰沉的表情。

結果還是這一點吧。

身為母親，希望孩子不要從事不穩定的工作。

千佳母親從事律師這個傑出的職業，從她的角度來看，自然無法容忍聲優這行業。

不過，那樣的話，會出現一個疑問。

「千佳同學成為聲優的時候，阿姨不是准許了嗎？」

說到底，無論是千佳還是由美子都未成年。

不管要工作或是隸屬於經紀公司，都需要監護人的許可。

「……我有確實掌握情況，准許她去做的事情只到加入劇團為止，因為她說想要改善自己內向的性格。明明如此，她卻在不知不覺間還隸屬於聲優經紀公司……我中了她的圈套呀。」

她深深嘆了口氣。

看來千佳似乎在背後巧妙地使了花招。

她是以幾乎是暗算的方法奪得許可，成為了聲優吧。

畢竟千佳的母親感覺不會允許她成為聲優，千佳也明白這點，所以才繞了遠路也說不定。

「而且，雖然說是聲優，但那樣簡直就像是在模仿偶像。在舞臺上唱歌跳舞、在雜誌和網路上拋頭露面……那種像把年輕與女性當賣點的工作，真是沒出息……」

千佳的母親呻吟似的說道。

自己的女兒做著宛如偶像般的工作，能夠輕易接納的父母究竟有多少人呢？

「反正那孩子也是，到最後一定會哭著向我求救。我不覺得她能在沒有任何保證的世界中活下去。既然如此，不如從一開始就以正常的人生為目標，才不會失敗呀。為何她不懂這道理呢……」

她大大嘆了口氣。

說不定她一直很想要發牢騷。

由美子不覺得千佳會詳細說明關於聲優這個行業，也難以想像千佳母親聽了說明後可以理解。

況且最重要的是，千佳母親的發言並沒有搞錯什麼。

由美子不禁露出有些諷刺的笑容。

「阿姨說的沒錯，這不是什麼正經的工作喔。雖然我才入行第三年，但在紅不起來就是垃圾的環境中，看過好幾個前輩沒有受到注目就被淘汰了。就算能紅起來，有時也會變成廉價勞工被操勞到倒下，也有人因此搞壞身體。」

像那樣離開業界的前輩們，究竟是怎樣的心情呢？

由美子並不曉得。

「也有人因為當偶像聲優，有了可怕或不舒服的回憶。即使現在沒問題，也不曉得將來會如何，不安經常纏繞著內心。這工作也有很多辛酸的地方吧。老實說，我沒有自信能跨越所有難關生存下去。」

但是——她接著說道。

笑容在不知不覺間消失了。

原本打算乖乖當個聽眾的，因為千佳母親只是想發牢騷而已。

但是，無論如何都有一種炙熱的感情從內心深處湧現。

千佳母親否定了夕暮夕陽。

由美子無論如何——都無法原諒這點。

講話難聽，陰沉又倔強的少女。

但論實力的話，只有實力是貨真價實的女性聲優，夕暮夕陽——甚至讓由美子抱持嚮往的搭檔。那樣的她遭到否定，由美子可不能保持沉默。

但是——由美子再一次補充說道。

「渡邊不一樣，夕暮夕陽不一樣。那傢伙擁有能在這個業界生存下去的實力，擁有能夠脫穎而出的實力。周圍的人都認同她的實力，我也總是會不由得感到嫉妒。她一定會成為厲害的聲優。雖然那傢伙是搭檔讓人傷神，彼此的實力差距讓我很難受，但相反的也是一種樂趣。我不禁會想這傢伙究竟能前進到什麼地步。追逐她的腳步也是我的目標。」

……啊，原來如此，是目標啊。

自己這麼說之後，由美子總算明白了。

「託渡邊的福，我也能變得堅強，可以努力奮鬥下去，因為不想輸給她。她是個厲害的傢伙，讓我有這種想法。希望您可以不要奪走她的才能、奪走大家的期待、奪走我的目標。」

如此說完之後，由美子悄悄地咳了兩聲清喉嚨。

沒有被中斷，全部講出來了。

……而且非常熱血沸騰。對別人的母親自以為是地在講些什麼呢？

由美子猛烈地感到羞恥，不禁用手按住臉頰。

老實說，她也大吃一驚。自己居然是那麼想的嗎？

順著衝動自然而然地吐出的話語，並不是思考後才講出來的話。

正因如此，那一定是真心話吧。

千佳的母親停止動作，一言不發地注視由美子的臉。

由美子並不曉得她的眼眸中寄宿著怎樣的感情。

「當……當然我也可以理解阿姨會擔心啦。」

由美子咕咕噥噥地這麼補充著。

「……抱歉，那我先回房間嘍。」

由美子如坐針氈，匆忙地想離開客廳。這時，「由美子妹妹。」千佳母親如此開口搭話了。

她依然背對著這邊，不帶感情地說了：

「今後也請妳繼續當她廣播節目的搭檔。還有謝謝妳幫忙準備晚餐。」

「好……好的。」

由美子努力擠出這句回應，打開了門。

就在那個瞬間——

從走廊上響起踢達踢達的腳步聲，就在附近傳來。

然後那陣腳步聲逐漸遠離。簡直宛如逃跑一般。

這次在遠處傳來門關上的聲響。

剛才的腳步聲是誰這種事，根本連想都不用想。

「…………————！」

由美子的臉發燙得非常厲害，她用手摀住了嘴。

不這麼做的話，彷彿會大叫出聲。

被聽見了，那個反應肯定是被她聽見了。

就連自己原本也沒注意到的真心話，偏偏被本人給聽見了。

咕唔——由美子咬了咬嘴唇。

好難為情。好難為情好難為情好難為情！剛才熱烈述說的話語在腦海中重播，讓由美子禁不住要沸騰起來。咕唔、咕唔唔……她不禁如此低吼。

臉發燙到像是會冒出水蒸氣一般，由美子用深呼吸來排熱。

……覆水難收。只能看開了。

由美子打開千佳房間的門，房裡沒有開燈。

「呼……呼嚕呼嚕……呼嚕呼嚕……」

千佳趴在床上，用非常笨拙的演技裝睡。

「……呃——渡邊？」

「呼……呼嚕呼嚕……！呼嚕呼嚕……」

千佳依然將臉埋在枕頭裡，堅持裝睡的樣子。

雖然不曉得她有多認真，但她應該是想說「我什麼也沒聽見喔」吧。

由美子鬆了口氣。

假如千佳用平常那種態度咒罵自己，即使是由美子也無法重新振作起來，說不定會哭出來。

千佳願意當成沒聽見的話，就忘了這回事吧……

由美子匆匆地鑽入被窩裡。她將頭靠在枕頭上，仰望著天花板時，已經沒有再聽見刻意裝睡的呼吸聲了。

……她已經睡著了嗎？

由美子無法判斷，卻像是在悄悄低喃似的說道：

「渡邊的媽媽並沒有不在乎妳喔，是很一般的母親嘛。她只是非常擔心孩子而已。妳也應該再稍微跟她面對面談談比較好吧。」

我這麼說可能是多管閒事啦——由美子如此補充。真的是多管閒事。

原本想趁著多管閒事順便再告訴她一件事，但還是作罷了。

因為感覺外人插嘴過頭不太好。

兩人之間的鴻溝應該沒有多深吧。

由美子會這樣認為的理由，是因為千佳母親知道由美子是歌種夜澄。

雖然有告訴她由美子是聲優，但報上的是本名。

明明如此，她卻這麼說了。

『請繼續當她廣播節目的搭檔。』

她知道由美子就是歌種夜澄。

歌種夜澄會到夕暮夕陽家過夜的話題，是在哪裡提到的呢？

是廣播節目。

千佳的母親在收聽千佳她們的廣播節目。

正因如此，她才會判斷來千佳家過夜的由美子是歌種夜澄。

照那樣子看來，千佳並不曉得這件事。千佳的母親也沒有說吧。說她對千佳沒興趣實在太荒唐了。她打從心底擔心女兒，不僅如此，還偷偷地收聽女兒的廣播節目。只要其中一邊願意讓步，兩人的鴻溝一定能立刻填補起來。

不過，彼此都很倔強，遲遲不肯踏出那一步。

真的是母女呢——由美子笑著如此心想。

由美子感到溫馨地閉上雙眼。

在聽見千佳睡著的呼吸聲前，她悄悄地進入了夢鄉。

隔天早上，當由美子她們起床時，千佳的母親已經出門工作了。

用過簡單的早餐後，由美子決定趕緊告辭。任務結束了。沒必要繼續浪費難得的暑假吧。千佳應該也希望自己早點回家。

千佳很重禮節地送由美子到外面，由美子朝她輕輕舉起手。

「那再見嘍。」

「嗯。」

由美子一邊覺得這樣平淡的交流很像她們的作風，一邊背對千佳。

大樓前沒有其他人影。大概是因為就算由美子她們放假，今天仍是平日的關係吧。

「佐藤。」

被這麼呼喚，由美子轉過頭去，只見千佳還站在那裡。

她一副難以啟齒似的用手磨蹭著手臂，面向下方。

她叫住別人在先，卻不說有什麼事。

「怎樣？」

即使由美子無奈地如此回應，千佳仍然沉默了一陣子。

但她彷彿下定決心地緊緊閉上眼睛。

「只講一次，這話我只講一次。」

她說了這樣的開場白後，總算看向這邊的眼睛。

「我也在嫉妒妳。妳受到各式各樣的人喜歡，無論是櫻並木小姐、朝加小姐，或是其他工作人員，大家都被妳吸引。我媽也很中意妳。妳的周圍經常有人在，不管是在工作現場，或者在學校都是。我沒有那種魅力。每次看到妳總是在跟某人聊天，我都感到羨慕。」

千佳在這邊停頓了一下，咳哼一聲清喉嚨。

「可是，不只是那樣。」她接著說道。

「我覺得身為聲優的妳是個威脅，每當聽到妳的演技、聽到妳的歌聲，總是讓人覺得表演得很出色。妳現在沒什麼工作，我只認為是因為時機不湊巧罷了。只要有一個契機，妳一定會爬到高處。我很害怕那樣，好像會輕易被追趕過去，明明我也不想輸給妳。正因如此，我才能覺得自己也必須努力才行。」

千佳美麗的聲音穩固地編織出話語。

「我直截了當地先說清楚，夕暮夕陽最注意的人可是妳喔，歌種夜澄……請妳別忘了這點。」

她如此總結後，立刻折返離去。

自動門緩緩地關上。千佳沒有回頭。

看不見千佳的身影後，由美子才總算注意到自己驚訝地張大了嘴。

她連忙閉上了嘴，但動搖愈來愈厲害。

「咦，什麼，剛才那是……咦，是夢……？」

由美子只覺得混亂不已。千佳的聲音在腦海中重疊了好幾次。

她說自己很注意夜澄，不想輸給夜澄，說她一定會爬到高處。

那個夕暮夕陽這麼說了。

千佳不是那種會說場面話的人，也不會毫無意義地捧別人。

所以剛才那番話是她當真那麼感覺的事情。

這讓由美子無法自拔地──感到開心。

「啊，可惡……居然因為被那傢伙認同而感到開心什麼的……怎麼可能有那種事。」

由美子用力搖了搖頭，打消那樣的念頭。

明明如此，臉部卻自然地傻笑起來。

欸嘿，欸嘿──她不禁發出奇怪的笑聲。

儘管嘴角忍不住上揚，由美子仍邁出步伐。

要成為千佳會一直注意下去，不得不注意的聲優。

她如此下定決心。

※　※　※

木村在電腦前抱著頭。

計畫失敗了。

儘管他祈禱著能與夜夜和夕姬相遇，埋伏在周遭一帶的高中門口，但完全是白跑一趟。他堅持了好幾天，試著跑了好幾間學校，卻依舊束手無策，覺得這樣找不到人。

必須思考下個手段才行。

那兩人就在附近的高中，這點不會有錯。之後就只剩要如何相遇……

一直想不到答案的木村瀏覽著網路，結果注意到夕陽發了照片到推特上。

照片上拍著夕陽與夜澄兩人。不過只有手與身體，沒有拍到臉。『差不多要睡了——小夜的睡衣好可愛☆』她這樣寫著。

這麼說來，她剛才發了推文說夜澄到她家過夜。

「嗯？……咦？這……這是——」

就在木村感覺很幸福地眺望著照片時，發現非常不得了的事情。

因為是上半身的特寫，所以沒有拍出房間的樣子。

不過，在兩人的身體與身體之間有一丁點的縫隙，那裡稍微拍到了房間的背景。那是個非常小的空間。

在那裡看見的東西是——

「那不是我高中的書包嗎……」

木村將影像盡量地放大，證實了這點。

也能看見小小的校徽。自己沒有搞錯。

心跳加速。頭皮發麻。

居然是我念的高中？那是不可能的，那不可能。

這樣否定的當下，木村思索著哪裡能找到情報，想起了重聽好幾遍的廣播內容。

她說過兩人都是一班。

「一班的話，就跟我同班啊……我跟夜夜與夕姬同班？啊，對了……！」

木村慌忙地將抽屜裡的東西都翻出來。四月時拍了班級照片。

他將照片傳送進電腦，放大之後一個一個仔細觀察女學生的臉。

一邊對照著夕暮夕陽與歌種夜澄的大頭照。

「找到了……」

他找到了夕陽。

因為瀏海很難看清楚臉，又一臉無趣似的望著下方，所以遲遲沒有發現。

渡邊千佳——她正是夕暮夕陽，不會錯的。

「那麼，夜夜是……？」

他又一個一個地仔細觀察起長相。雖然花了不少時間，但他找到了。

是佐藤由美子。仔細對照長相的話，可以明確地看出她跟夜夜是同一人物。

沒想到那個辣妹竟然是夜夜……

原來如此，原來如此原來如此。換言之，是這麼回事嗎？

也就是說，她們在私生活**扮演著陰沉女孩與辣妹**。

她們像那樣將配音事業與私生活區隔開來。為了不被周圍的人得知。

要說哪邊才是真實的一面，應該是當聲優的時候吧。木村看得出來。

那麼愉快似的和樂聊天的兩人不可能是在演戲。

那麼，必須巧妙地利用這個頂級的祕密才行。

自己掌握著那個夕暮夕陽與歌種夜澄的弱點。光是這個事實就讓他激動不已。

真是至高無上的幸福。全能感讓腎上腺素溢出。他無法克制嘴角上揚。

好啦，要怎麼做呢……

NOW ON AIR!! 第20回

「夕陽與！」

「夜澄的！」

「「高中生廣播！」」

「大家早安～我是夕暮夕陽。」

「大家早安，我是歌種夜澄！」

「這個節目是由碰巧同校又同班的我們兩人，將教室的氛圍傳遞給各位聽眾的廣播節目！」

「這集是第20回！居然已經20回了，感覺真的過好快呢——！」

「就是說呀。感覺就像一眨眼呢～」

「嗯嗯！機會難得，要不要做些什麼當紀念？」

「嗯？紀念什麼～？」

「紀念滿20回啊（笑）。現在在聊20回的事情喔（笑）」

「呵呵（笑）。小夜在這20回裡面，有什麼印象深刻的事情嗎？」

「咦——！有很多喔——！像是一起去吃可樂餅，或是到小夕家過夜……感覺有很多回憶呢。小夕有什麼想法？」

「也舉行了公錄呢。明明節目播出還不到半年，卻感覺很濃密喔～」

「還不到半年呢！但好像完全沒那種感覺！」

「會不會到時就開始說『眨眼間就一年了呢～』」

夕陽與夜澄的高中生廣播！

「高中生活也是眨眼間！或許還會講起這樣的話呢！」

「畢竟我們的高中生活也只剩一年半了呢。畢業之後會變怎樣呢？」

「嗯——究竟會變成怎樣呢。這點也完全想像不到呢！」

「感覺會有很多事情要忙呢。不太想去思考那些事呀～」

「據說二年級是最輕鬆的時候嘛！我也不太想去思考那些事呢。」

「啊，對了～其實這集有個消息要告訴大家喔。」

「啊，對喔，是那樣沒錯！有個很重要的消息！」

to be continued……

由美子獨自站在錄音間裡。

她此刻正在參加試鏡。

雖然錄音間裡只有由美子一個人，控制室裡卻有許多人在。

以音效指導為首的工作人員，為了審查由美子而待在那裡。

「好——那麼麻煩妳了——」

音效指導的聲音傳入耳中。很好——由美子低頭看向劇本。然後開口。

「…………」

聲音——

發不出來。

儘管差點要陷入恐慌，由美子仍拚命地試圖發出聲音。

但是，發不出來。她發不出聲音。

「奇怪？怎麼了嗎？時間緊迫，希望妳動作快一點。」

導演施加的精神壓力讓由美子的焦躁變得更強烈。

由美子抓住脖子，拚命地想講些什麼，但錄音間內沒有響起任何聲音。

她像要求助似的看向控制室，但他們沒有任何人在看由美子。

他們不感興趣似的露出茫然的表情。

由美子知道那種表情。

那是即使由美子拚命地表現演技，別人仍一點都不感動時的表情。

「好的，謝謝妳的演出——」

等一下，我能表演的，我沒問題的——明明想這麼說，聲音卻編織不出話語。

不知不覺間，由美子來到了錄音間外面。

她低著頭沿著錄音室的走廊前進。

為什麼會變成這樣？

為什麼為什麼？

明明練習了那麼久……由美子不禁想哭。

此時，有個耳熟的聲音傳入耳裡。

在走廊前方可以看見櫻並木乙女的身影。乙女姊姊！由美子舉起手。

乙女的表情明朗起來，飛奔靠近這邊。

「小夕陽！午安。原來小夕陽也來錄音了呢！」

乙女彷彿看不見由美子，直接通過身旁。

由美子舉起的手空虛地迷失目的地。

她轉過頭看，只見千佳站在前方，跟乙女感情很好似的聊了起來。

渡邊！由美子想如此大叫，聲音卻又發不出來了。

她們折返回頭，走向走廊的盡頭。

由美子朝她們的背影伸出手。

等一下，等等我嘛——由美子快哭出來。但她們並未注意到由美子。

走廊的燈光熄滅了。由美子被留在黑暗當中。

沒有任何人注意到由美子的存在，她就那樣被吞噬於黑暗中。

「……啊。」

由美子猛然驚醒，有一瞬間不曉得自己人在哪裡。

喀噹喀噹——這種規律的搖晃與聲響，還有眼熟的風景，讓由美子認識到這裡是電車內。

看來自己似乎是打了瞌睡。

由美子整個人把頭靠在隔壁像是大學生的男人肩膀上了。

「啊，對不起。」由美子連忙道歉。對方滿臉通紅地說：「啊，不會，不要緊的。」

今天是廣播的錄音日。

因為暑假也結束了，由美子是從學校直接前往錄音室的。

她搖了搖剛睡醒的頭。

昨天到很晚都在練習試鏡的臺詞，沒什麼睡。

也因此作了很糟糕的夢。坐著的由美子將頭撞向扶手。

「試鏡都上不了……」

她用會被電車的聲響蓋過的音量，伴隨著嘆息喃喃自語。

自從被千佳說「我很注意妳」之後，就算不願意，工作也會卯足幹勁。

由美子拜託加賀崎幫忙多報名幾個試鏡，比平常練習更多次之後，細心地完成演出。重複了好幾次這樣的行動。

明明如此，手機卻依然保持沉默。

無論鼓起多少幹勁，沒辦法有所成果的話，就毫無意義。

自己是否不適合這行呢——由美子不禁有了這種軟弱的想法。

她不想思考任何事，用手機打開推特，毫無意義地眺望著流動的時間軸。

然後有一則推文吸引了她的目光。

『粉絲期盼已久的神代導演新作品「幻影機兵Phantom」主要演出者敲定！主演是夕姬，夕暮夕陽！』

「……不會吧？」

由美子發出呆愣的聲音。

隔壁的男性一臉不可思議地看向這邊，但她根本沒有餘力去在意。

神代導演是以前千佳也說過很喜歡的動畫導演。

沉重的世界觀加上許多十分講究的機械、機器人登場，他經手的作品被稱為神代動畫，非常受觀眾歡迎。

這部「幻影機兵Phantom」也先行公開了機械設計與設定，動畫粉絲的反應不用說，也備受業界人士矚目。

只不過，因為預算十分充裕，聲優陣容也是每次都由老手構成。

當然沒有歌種夜澄出場的餘地。

夕暮夕陽卻在那裡，而且還是主演。

戰勝其他當紅聲優，獲得主演的寶座。

假如有「這次只用新人聲優」這樣的構想，倒也能理解夕陽被提拔的原因。不過，看向其他演出者陣容，都是經驗豐富的老手和演技派。

夕暮夕陽站在大家都認識的聲優陣容裡。

由美子看了看時間軸，只見夕姬粉絲都非常興奮。這也是當然的，自己推崇的聲優像這樣大放異彩的話，當然會感到開心，會想說「真厲害」。

好厲害呀，渡邊，妳真的好厲害。

「…………」

不可能說出口。

瘋狂的嫉妒與彷彿淋成落湯雞的悲慘感覺宛如洪水一般湧上。這些情緒結合起來，纏繞著全身。

幸好自己坐著。一個搞不好，說不定會癱坐在地上。

遜到自己都想笑了。

明明幹勁十足，試鏡卻一直落選的自己。

千佳則穩定地獲得支持，還被提拔演出知名導演的新動畫。

兩人之間的差距實在太大了。

明明努力地想要縮小差距，但沒想到已經有天壤之別。

由美子將手機壓在額頭上，緩緩地吐了口氣。

儘管如此，堆積在內心那種宛如泥濘般的感情，依舊絲毫沒有被排出。

接下來自己真的能好好錄製廣播節目嗎？這樣心想的由美子，壓根沒想到這之後居然還會遇到更大的打擊。

「……還剩四回就結束了……是嗎？」

為了在錄音前開會討論，由美子進入平常那間會議室後……

突然從大出導播那邊聽說廣播節目要結束的消息。

「因為人氣比想像中更低落啊，收聽率也一直在掉呢。感覺也不是採取對策就能救回來的情況，這樣不如腰斬還比較好——所以就決定這麼辦了。沒能跨越改變期啊——」

聽到導播事不關己似的如此告知，由美子的大腦無法好好思考。

結束。結束。還剩四回就是最終回。腰斬。

……由美子早就知道節目沒有人氣。但是，她明明努力想要設法炒熱節目，明明是好不容易獲得的正規節目，竟然如此輕易地就要喊停。

由美子用呆滯的腦袋看向朝加。

跟開朗快活，彷彿這些話不是什麼大事的大出不同，朝加一直露出看似很過意不去的表情。

「早安。」

在由美子思緒亂成一團地聽著大出說的話時，千佳走進了會議室。

她像平常一樣想坐到由美子隔壁。但看到由美子的臉，她露出看似疑惑的表情。

「……妳那什麼臉呀？是亂撿東西吃，吃壞肚子了？」

由美子沒那個心情奉陪她的玩笑話。

由美子彷彿要將鬱悶的感情移交給對方一樣，告訴千佳：

「聽說廣播節目再四回就要結束了。」

聲音變得沙啞，由美子在途中咳了兩聲清喉嚨後，重新說道。

千佳稍微瞠大了眼。她就那樣什麼也沒說，暫時注視著由美子的臉。

由美子悄悄地移開了視線。她無法直視千佳，害怕千佳不知會說出怎樣的話。

「……是嗎？」

不過，千佳只說了這句話。

千佳冷淡地如此低喃後，沒有更多的感想，坐到了座位上。

她將放在桌上的劇本拿到手邊，就那樣開始翻閱起來。

「…………………………」

由美子首先感受到的是一陣空虛。

彷彿身體散落成沙子，會順勢被風吹走一般的感覺。

所有東西都撒落一地。

還有失望。這是對自己本身感到失望。

自己到底在期待什麼呢。

自己希望渡邊千佳說些什麼呢？在追求什麼呢？如果能聽到她表示些什麼，是否那樣就滿足了呢？

自己跟千佳不一樣。

不一樣啊。

由美子現在才注意到這麼簡單的事情。

自己怎麼可能跟千佳一樣呢？氣勢正旺，踏上當紅聲優階梯的千佳，跟連試鏡都不會被選中的自己。

千佳根本沒有要執著於這個廣播節目的理由。

討論會開始了。由美子已經不再看向身旁。

麥克風測試也告一段落，由美子與千佳坐在錄音間裡面。

跟平常一樣，真的就跟平常一樣，彷彿根本沒有腰斬那件事。

「小夕陽。妳把劇本忘在會議室裡嘍。」

「啊，不好意思。」

進入錄音間的朝加把手上拿的劇本交給千佳。

她坐在老位置的由美子旁邊，將筆電開機。

朝加剛才針對腰斬那件事，向由美子與千佳道歉。

在大出離開現場後，「都怪我力量不足。」她如此低頭賠罪了。沒那回事，朝加對我們

很好，會變成這樣都是我們的錯……由美子覺得自己應該是說了這樣的話，但她記得不是很清楚。

只不過，無論朝加怎麼說，由美子都無法壓抑內心的騷動。

暴躁的心靈長出尖刺。

所以——

由美子不禁脫口而出。

「……當紅的聲優真好呢，就算有一兩個廣播節目結束，也不會受到任何影響嘛。」

由美子雙手交叉環胸，移開視線，彷彿自言自語一般壞心眼地說道。

一邊露出與其說是諷刺，更像是自卑的笑容。

感覺很差勁，就連自己也這麼認為。

當然，千佳看來很不愉快似的蹙起眉頭。

「怎麼？講得好像話中有話，感覺很差勁喔。」

「啊——可能是感到焦躁吧。因為我工作很少嘛，該說我賭在這節目上了嗎？還是該說我一直很努力呢？我跟妳不同，可是很拚命呢。」

「那是什麼意思？妳是想說我一直在偷懶嗎？」

「沒有啊，我可沒那麼說。」

陷入一陣尷尬的沉默。察覺到險惡氣氛的朝加表情僵住了。

由美子瞄了一下千佳的臉，只見她筆直地瞪著這邊。她的眼神仍舊凶狠。就是因為她像那樣瞪人，這邊也不禁會點燃怒火。

焦躁的情緒流竄全身，無法制止感情動搖起來。

由美子明白這樣很不講理，她很清楚。

明明如此，大腦深處卻麻痺起來，煞車完全變成廢物。

啊，真糟糕，停不下來。

明明不想說這種話，話語卻從嘴裡不停掉落而出。

「妳當然無所謂嘛。我看到嘍，聽說妳確定會演出神代動畫了？這樣就能專注在那份工作上，妳應該很慶幸廣播節目要結束了吧？」

「……怎麼可能有那種事。根本無關呀。只要是工作，當然都會盡全力去做吧。怎麼，為什麼妳今天那麼嗆呀？」

「天曉得。應該是因為羨慕吧？我也好想在知名導演的作品裡登場呢——說笑的啦。新人要怎麼做才能擠進那一群老手的陣容裡？巴結導演就行了嗎？我想應該不至於這樣啦，但妳該不會對導演做了什麼虧心事——」

「怎麼可能有那種事！」

千佳的尖叫響徹錄音間內。

讓耳朵發麻。

她用力地將手拍向桌子，然後站了起來。

由美子首次聽見千佳如此大聲，將感情表露出來的聲音。

這時由美子總算冷靜下來。

她發現自己說出了最不該說的話。

夕暮夕陽的粉絲對她確定成為主演一事感到高興。

不過，神代導演的粉絲沒這麼好說話。為什麼偏偏起用出道不滿三年的新人啊——像這樣氣憤的聲音也不在少數。

那些粉絲並不歡迎夕暮夕陽。

這可是非常重要的主角的聲音。

想要讓實際成績更好的人來飾演——他們會如此認為可說是理所當然。

正因為是粉絲，才會冒出「為什麼？」這種聲音。

那些聲音直接刺向夕暮夕陽。

「這傢伙是誰啊？」「跟演技更好的人交換啦。」「經紀公司別再硬捧啦。」

這種無情的話語沒有過濾就撲了過來。

無論是讓人不忍直視的惡毒話語。

或是本人看到會心碎不已的話語。

在ＳＮＳ上會若無其事地被傳送到當事者面前。

現在，由美子做了跟那些人一樣的事情。

千佳雙手拄著桌子，面向下方。看不見她的表情，不曉得她現在是什麼表情？是感到憤怒？感到悲傷？還是感到傻眼呢？

明明她就在眼前，由美子卻什麼也不知道。

「呃……妳們正在忙……嗎？等一下再錄音？」

大出從錄音間外面窺探著裡頭情況。

千佳抬起頭來，但長長的瀏海遮掩住她的表情。

「不用，不好意思，不要緊的。請開始吧。」

千佳用不帶任何感情的平淡語調這麼告知。

大出雖然感到困惑的樣子，但結果仍照那樣進行下去。

由美子一邊聽著工作人員的倒數計時，同時因為後悔而差點崩潰。

真想現在立刻消失到某處。

如果能撬開窗戶，從那裡跳下去，該有多輕鬆呢？

她就這樣面向下方，只是不斷思考著再怎麼想也無可奈何的事情。

錄音開始了。

「辛苦了。」

簡短地只說了這句話後，千佳立刻站起身，離開了錄音間。

由美子只能茫然地眺望她的背影。

錄音風平浪靜地結束了。

沒有在途中被喊停，很順利地進行。跟平常沒兩樣。

能夠跟平常一樣開朗地笑著，打造出感覺很快樂的廣播節目。

我好歹也是職業的呢——由美子茫然地如此心想。

只不過，她完全不記得錄製的內容。

自己講了什麼，千佳又回答了什麼，全部都是空白，記憶曖昧地被吞噬掉。不過，大出和朝加都沒有說什麼，所以應該有好好地在主持吧。

由美子掩面。她甚至沒有力氣站起來。她將身體靠在桌上，動彈不得。

「……那是小夜澄不好喔。」

一旁的朝加像在勸誡似的說道。

「我知道……」由美子用有氣無力的聲音回答。

「這樣一點都不像小夜澄。發生什麼事了？跟姊姊說說看吧。說不定會輕鬆點喔。」

由美子依舊垂頭喪氣地聽著朝加的聲音。

朝加的聲音是考慮到由美子的心情，這讓進退兩難的自己深深感激。

感情好像要爆發一樣。

聲音流洩而出。有什麼東西從身體深處猛然湧上，由美子鼻子一酸。

「啊，慘了。好想哭……」

由美子對這種狀況感到驚訝，慌張地摀住眼睛。

可以感受到朝加在一旁動了起來。她似乎在幫忙請其他工作人員先出去。

朝加那樣的溫柔讓由美子再度熱淚盈眶。

「哭出來也沒關係喔。讓我聽聽是怎麼回事嘛。」

由美子再也無法壓抑住感情了。

「我……我那樣根本是在遷怒……最近試鏡一直落選，讓我暴躁起來……這時又看到渡邊獲得很厲害的角色，我好懊悔，覺得自己好沒用……不……不僅如此，還聽說節目要結束了，我大受打擊，可是渡邊好像一點都不震驚，這點也使我大受打擊……結果說了那麼過分的話……」

由美子只是將雜亂無章的話語吐露出來。

在話說到一半時，她鼻子一酸。

她無法制止湧現上來的情緒，眼淚隨之滴落，大顆大顆地滴落。

洋溢的淚水滑過臉頰，從下顎滴答滴答地掉落到桌上。

由美子忍受不住，發出嗚咽。

「嗚嗚……為……為什麼講了那種……那種話……我……受夠……自己了……！」

朝加輕撫由美子的背，這又刺激著由美子的淚腺。

嗚——聲音從喉嚨溢出。

這樣的溫柔令人感激，且十分溫暖，眼淚果然還是一湧而出。

多久沒在別人面前哭泣了呢？剛當上聲優時經常在哭泣。導演不講理的憤怒、壞心眼前輩的挖苦，無法反擊這些事情讓由美子因懊悔而哭泣。

但是，那時也能忍耐到躲進廁所裡。可以在他們面前保持平靜，甚至不露出軟弱表情地離開現場，然後躲進一間廁所裡不發出聲音地哭泣。

由美子認為重複好幾次那樣的體驗，讓自己變得挺堅強了。

明明如此，卻因為千佳的事情這麼輕易地崩潰，就連自己也感到意外。

「我說小夜澄啊。」

朝加溫柔地拍了拍由美子的背，然後開口說道：

「雖然妳說小夕陽沒有受到打擊，但我想應該沒那種事喔。好啦，抬起頭來。」

由美子照朝加說的抬起頭，見朝加指了指千佳剛才坐的座位。

節目的劇本被放置在那裡。

朝加將劇本拿到手邊，靜靜地編織出話語。

「她忘了劇本，那孩子錄音前也是把它忘在會議室裡呢，她平常明明不會忘記帶東西。

而且妳知道嗎？小夕陽會在劇本上寫很多筆記喔。」

由美子知道那點。由美子也會在劇本上做筆記，但千佳筆記的數量還要更多，經常看到她奮筆疾書的模樣。

朝加輕輕露出微笑，讓由美子看了看劇本。

由美子驚訝得瞠大了眼。

「妳看這個。一片空白，那孩子討論時根本沒在聽呢，她心不在焉啊。她只是沒有顯露在表情上而已，那孩子一定也大受打擊喔。」

由美子注視著沒有任何筆記的劇本，什麼話也說不出來。

「但妳們兩人在那種狀態下依舊好好地錄音了，這點挺了不起的喔。」

朝加以手托腮，像在確認似的緩緩開口說道：

「我也做了好幾個節目，所以在某種程度上看得出來。演出者是否因為喜歡才做這份工作，其實挺容易看出來的呢。即使能夠掩飾到不會傳達給聽眾的程度，卻還是會傳達給這邊，雖然我不會說什麼就是了。另外，儘管這是從我的角度來看啦，但我覺得小夕陽是很快樂地在主持這個節目喔。」

「────────」

由美子從未想過。

千佳竟然樂在其中。

因為自己和她感情很差，因為是工作才不情不願地主持，要用身為聲優的形象去主持也很累人。照理說是這樣。

至少由美子不認為自己樂在其中。

這終歸是工作，沒有任何快樂的事情。

……倘若這就是由美子的真心話，不可能因為千佳的態度受到這麼大的打擊。

結果，結果到頭來，由美子其實也——

「……該做的事情決定了呢。」

才心想朝加從口袋拿出了什麼東西，便見她將臉湊近這邊。

她讓由美子的額頭露出來，啪嗒一聲地貼上退熱貼。

舒適的冰涼感擴散開來，對發燙的臉來說感覺很舒服。

「這樣妳的頭腦就冷靜下來了。那麼，小夜澄，妳接下來要怎麼做？」

「向……向渡邊道歉。」

「對，答對了。真是乖孩子呢。」

朝加溫柔地露出微笑。

沒錯，道歉吧。自己講了很過分的話，講了傷害對方的話，那跟平常的爭吵根本無法比擬。

由美子拿出手機，她操作手機想要叫出千佳的電話號碼——但停下了手。

「……不。我想當面跟她說對不起。因為明天能在學校碰面，因為我們同班嘛，我要看著她的眼睛好好道歉。」

朝加依然面帶笑容，點頭同意由美子這番話。

當天晚上，由美子回家後立刻煮飯，吃完飯後立刻洗澡，在比平常還要早的時間就寢了。

然後到了早上。

由美子在鬧鐘響起前就清醒過來，從床上爬起身。

她睡得很飽，身體狀況十分良好。

雖然時間比平常早，但她開始準備去上學。

在學校見到千佳的話，就立刻向她道歉吧。總之先道歉，之後的事情到時再想。

由美子跟已經回家的母親一起用餐，接著化完妝後，時間還很充裕。看來似乎起得太早了。

就在她無事可做，心想要不要乾脆現在就去學校的時候——

手機響起了。

螢幕上顯示出「乙女姊姊」的文字。以來電對象而言並不稀奇，但她還是第一次在早上打來。由美子儘管感到不可思議，仍接起電話。

「怎麼了嗎，姊姊？竟然在這種時間打來，真稀奇呢。」

『啊，小夜澄！太好了，小夜澄接了電話！妳……妳看到小夕陽的新聞了嗎？』

乙女的聲音有些激動，似乎很慌張地如此說道。

……究竟是怎麼回事呢？由美子雖感到疑惑，仍回答乙女的問題。

「是說她確定主演神代動畫的新聞嗎？」

『不……不是啦！啊不對，雖然沒有錯啦！妳不知道的話，就打「夕暮夕陽」搜尋一下！』

是有什麼新情報解禁了嗎？由美子按照乙女所說，搜尋「夕暮夕陽」。

結果看到一篇幾個小時前公開的網路報導刊登在最前面。

看到那報導，由美子僵住了。

騙人的吧——這句話無意識地從嘴裡脫口而出。

【悲報】夕姬確定有陪睡

……如果這消息只有文字內容，可以當成惡質的妄想就結案了。

但是，那個網頁上貼了好幾張照片。

拍到了夕暮夕陽與——神代導演兩人的照片。

由美子也曾在雜誌和網路報導上看過神代導演的模樣。

那樣的他與千佳一起被拍了下來。

第一張是千佳進入公寓的背影。

接著是在房間前等待的千佳側臉。雖然戴著口罩，卻在下一張照片中拿掉了。

然後再下一張。

是神代導演打開房門，千佳飛撲到他懷裡的身影。

兩人一邊互相擁抱，一邊在聊著什麼事情的照片。進入屋內的照片。

這些照片並排起來貼在網頁上。

由美子的腦袋變得一片空白。

她無法思考任何事情，就那樣閱讀起上傳照片者發的文章。

投稿者是夕暮夕陽的粉絲，似乎從平常就頻繁蹲點等夕陽出現。

他參加了前陣子舉辦的「紫色天空下」的活動，那時也一直在會場外等夕陽出現。對他而言是幸運，對夕陽而言則是不幸——他目擊到了夕陽離開會場的身影。

這時他並沒有向夕陽搭話，而是追逐在後。

他似乎是想特定出夕陽的自宅。

然後在目的地拍到了這樣的照片。

照片的對象不是一般男性或聲優，而是動畫導演一事讓他靈光一閃，將這些照片暫時

保留起來。結果最近公布了「幻影機兵Phantom」的主要演出者，他心想「原來是這麼回事啊」，便將照片散布到網路上。

「能夠在對叛徒造成最大傷害的時間點公開，真的很開心。我絕對饒不了她。我要把那傢伙的生活搞得一團亂。」

上面刊登著這樣醜陋的留言。

由美子不知不覺間用手摀住了嘴。

因為照片上拍到的女性，無論怎麼看都是千佳……或者該說是夕暮夕陽的身影。根本無從辯解。

由美子感到頭暈目眩，也能感受到自己的臉色變得蒼白。

至於夕姬粉絲對這篇報導的評論，由美子害怕到根本不敢看。

『噯，小夜澄，這該怎麼辦呀……很不妙對吧……？』

從手機那頭傳來彷彿快哭出來的聲音，讓由美子發現自己忘了乙女的存在。

乙女充滿擔心的聲音，最掛念的是千佳的情況。

不要緊的，不要緊。

明明想說這種沒有根據的逞強話，聲音卻變得沙啞，無法順利發出來。

由美子咳了兩聲清喉嚨，在這段期間，乙女似乎很不安的聲音接連地說道：

『我也打了電話給小夕陽，但她都沒有接……我想小夜澄說不定會知道些什麼，才打了

電話給妳……』

但乙女的期待落空了。

倘若是平常，「就算問我關於那傢伙的事情，我也不知道啊」——由美子會像這樣打哈哈。

但那種平常的交流，現在感覺非常遙遠。

『……噯，小夜澄。我想那應該不可能，應該沒有那回事。但該不會小夕陽真的……』

「絕對沒有那回事喔。」

直到剛才明明無法順利發出聲音，此刻卻非常順暢地冒出堅定的話語，讓由美子大吃一驚。

然後她慢慢地切身感受到那番話。

「因為渡邊她最討厭那種事情了。我想她也很排斥靠人脈或是被偏袒。她絕對沒有做什麼奇怪的事情。」

這番話是發自真心。

渡邊千佳就算性格差勁透頂，但作為聲優是非常直率的人物。

她應當是距離那些事物最遙遠的存在。

明明很清楚這點，由美子卻說了那麼過分的話。正因如此，首先必須去道歉才行……沒想到卻變成這種狀況。

由美子激勵著彷彿要喪氣的心靈，堅定地說道：

「我會在學校問問看情況，會去關心一下現在變成這種情況，她是否不要緊。知道詳情後，也會聯絡乙女姊姊一聲。」

『……嗯，謝謝妳。說得也是呢。』

聽到由美子的聲音，乙女似乎也恢復冷靜了。

『嗯，就是說呀，小夜澄。神代導演是在陪小夕陽商量關於演技的事情——也可能是這種情況呢！對吧！』

乙女樂觀的看法讓由美子感到溫馨，不禁笑了出來。

她結束和乙女的通話。

她發現自己用力緊握著手機，雖然試圖放鬆力量，卻控制不了力道。

雖然對乙女那麼說，但情況糟糕透頂。

都這種時候了，無論千佳是做了不可告人的事情，或是與神代導演認真地在交往，那種事情說穿了都是瑣碎的小事。

夕暮夕陽是偶像聲優。

一旦有了男人，就不再是偶像。

環境會產生劇烈變化，至今曾是粉絲的傢伙會展現敵意，群起攻之，大聲怒吼這個叛徒。

由美子也知道有女性聲優因為這樣一蹶不振。

「有了男人就可以盡全力毀滅她」這種風潮讓由美子作嘔。

但是她們已經選了這樣的道路。

許多想法浮現之後又消失無蹤。

明明再怎麼想也沒用，但宛如泥濘一般糾纏不清的思考纏繞在腦中，揮之不去。

想到被打入地獄裡的搭檔內心不知作何感受，由美子不禁咬了咬嘴唇。

跟乙女講著電話的期間，時間變得緊迫起來，由美子急忙地前往學校。

雖然她在路上試著打電話給千佳，但就跟乙女說的一樣，千佳沒有接。

由美子衝進自己的教室。

她首先確認了有哪些同班同學在，卻沒看到千佳的身影。

她將書包放到自己的座位上，但沒有坐下，心神不寧地注視著出入口。

「早呀——由美子。怎麼啦？看妳一臉可怕的表情。」

「咦？啊，喔，沒什麼啦。若菜，早。」

比由美子先到教室的若菜向她打招呼，由美子結結巴巴地回應著。

並不是沒什麼。冷靜不下來。

不過，一直站在座位前也很奇怪。由美子悄悄地坐下。

這時她不經意地看向隔壁座位的木村。

木村的樣子感覺不太對勁。他一邊看著手機，一邊喃喃自語。

「……我的……我的夕姬……是我……是……我……」

……感覺好詭異。

他用充血的雙眼盯著手機，蜷縮起身體。

他露出走投無路的表情。

不過，由美子立刻猜到了原因。木村是夕暮夕陽的粉絲。

他一定得知了那篇新聞吧。由美子萌生一種難以言喻的心情，同時再次看向教室的出入口。

正當她心不在焉地與若菜聊天時，預備鈴聲響起了。

千佳該不會今天請假吧……？

就在由美子感到不安時，響起了有人猛烈拉開椅子的聲音。

是木村站了起來，他不知何故筆直地注視著由美子，用那充血的雙眼。

「……？什麼事，木村？」

「夜……夜……佐……佐藤……同學！」

木村斷斷續續地發出變調的聲音，猛然將身體靠近過來。

怎麼回事啊？感覺他樣子不太對勁。

就在由美子感到有些恐怖時，木村一臉拚命地將手機推到由美子面前。

顯示在螢幕上的是由美子剛才也看過的陪睡報導。

「這……這句！『我要把那傢伙的生活搞得一團亂』這句話，是……是真的！」

「……啥？」

木村指著的不是照片，而是投稿者的留言。

上面的確寫著「我絕對饒不了她。我要把那傢伙的生活搞得一團亂」。

「本……本校的學生，有些事情正因為是本校的學生才會知道！只要觀察夕姬的推特，就會發現到一個真相！我……我是……我是——！」

「你……你冷靜一點啦，木村。我不懂你在說什麼喔。」

總之木村非常激動，說話不得要領。

就在由美子感到傷腦筋時，響起了教室門打開的聲音。由美子立刻將注意力轉向那邊。

千佳總算現身了。

千佳用一如往常的打扮來上學，那身影讓由美子打從心底感到安心。

不過，她的臉看起來顯得疲憊不堪。她的臉色很糟，看似難受地走向自己的座位。

……那篇新聞是在昨天晚上發到網路上的。

然後到今天早上為止，不曉得千佳究竟操了多少心，由美子根本不願去想像。

「不好意思，木村。我離開一下。」

由美子從座位上站起，打算前往千佳身旁。

要為昨天的事情道歉，然後詢問關於神代導演的事。也要告訴千佳乙女很擔心她。

明明如此打算，木村卻說了不能聽過就算了的話。

「我知道渡邊同學就是夕姬！」

聽到他這番話，由美子的身體僵硬起來。

「……你等一下，木村。為什麼你會知道這件事……該不會這篇報導也是你──」

由美子這麼逼問木村。

木村驚慌不已，但他用力搖了搖頭。

「不……不是那樣！不是那樣啦──！」

「嗨，大家好，我是『夕暮的騎士』──！讓各位久等了！主角總算登場啦──！」

與現場氣氛不合的尖銳聲音響徹教室。

一個陌生的男人走進教室裡。是個留著長髮，看來很輕浮的學生。

他高舉起手機，一邊大聲說話，一邊在教室裡面走著。

周圍的談話都停止下來，因為男人奇怪的言行騷動起來。

只有一個學生臉色變得蒼白，就是木村。

「清……清水……果……果然是那傢伙！是那傢伙寫了這篇報導……！」

木村茫然地低喃著。

寫了那篇報導的，是那個叫清水的男人……？

從剛才開始，情勢就瞬息萬變，讓人跟不上發展。真希望可以讓自己整理一下。

明明如此，那男人卻說個不停。

「呃——只要看了說明文應該就會知道，但為了現在才來的人，我就說明一下——！其實我！跟現在因為陪睡而鬧得沸沸騰騰的那個夕姬，也就是夕暮夕陽同學就讀同一間高中喔——！很驚人的巧合對吧～？接下來我這個『夕暮的騎士』會開始進行獨家採訪！」

——等等，他剛才說了什麼？

由美子嚇得臉色發白。這傢伙剛才說了什麼啊？為何他會知道這件事？為什麼連這傢伙都知道夕暮夕陽就是渡邊千佳這件事……？

由美子慌忙地看向千佳，只見她一臉茫然地呆站在原地。

她不明白發生了什麼事。

由美子著急地將視線拉回到清水身上。

這時她發現了。

她看見了清水的手機螢幕。

他的手機似乎開了前鏡頭，螢幕上映照著清水的臉。

可以知道他開啟了影片網站的直播App。

也就是說，他現在正在網路上直播這個狀況。

由美子反射性地伸出手，想搶走他的手機。清水卻在那之前，先迅速地在教室裡移動起來。他操作著手機，將鏡頭轉回一般角度，接著將手伸向前方。教室裡的光景就跟他的視野同樣地映照在手機螢幕上。

「欸，等——」

這間教室的光景此刻正在網路上直播。

這突然的狀況讓千佳動搖並僵在原地，與清水正面對上了。

「別……別拍我……」

看到鏡頭對準自己，千佳立刻用手遮住臉。

雖然她發出拒絕的聲音，但清水大嚷大叫，蓋過了她的聲音。

「各位觀眾，我來告訴大家一個衝擊的事實吧！那個夕姬在學校居然是這——麼不起眼的女人！根本判若兩人對吧？虧我以前還是粉絲，真是大受打擊！這也是首次公開對吧，請各位仔細看好了！」

清水在千佳面前搖晃著鏡頭。

千佳的座位很不幸地是靠走廊，牆壁與座位緊貼在一起。

被人霸占住椅子旁邊的話，就很難逃離。

「別……別拍了，別再拍我了！」

千佳發出彷彿哀號的聲音。她一邊用雙手遮掩著臉，一邊如此吶喊。

稍微瞥見的表情染上懊悔的色彩，她咬著嘴唇的模樣映入眼簾。

沒錯，得阻止才行。不能置之不理。

「唔……唔哇——！快住手！」

木村一邊這麼大叫，一邊朝清水衝了過去。

「你……你……你這種人才不是什麼粉絲！只……只是個騷擾狂啦！」

「啥？你搞什麼啊，別妨礙我啦！」

木村撲向清水，但立刻被扯開。

情緒激昂的清水踢向木村的肚子，將他一腳踹飛。

女同學發出哀號。

清水俯視蜷縮成一團不動的木村，大聲吼叫著：

「你真噁心耶，閉上嘴看著啦！我有資格盤問這女人！」

那粗暴的聲音與主張，讓千佳的肩膀顫抖起來。

即使鏡頭對準自己，她這次也什麼都說不出口了。

「我說妳啊，明白自己的立場嗎？妳背叛了我們粉絲喔？不管被做什麼都不能抱怨吧？首先應該賠罪不是嗎？雖然就算妳下跪我也不會原諒妳啦。」

一看就知道千佳非常害怕。

她原本遮住臉的手不知不覺間放了下來，在胸前緊緊握住。

恐懼支配著身體。

現在的清水不曉得會做出什麼。

他是個男性，有男人的力氣。想像到被他毆打的景象，就連由美子也變得動彈不得。

「唔喔！真對不起，我忘了要訪問呢！」

最可怕的是他明明直到剛才還在大吼大叫，卻會突然擺出開朗的態度。

清水將剛才放下的手機再次靠近千佳，用犀利的話語針對她。

「夕姬妳啊，跟那個導演幹了那種事對吧？就算再怎麼想演出神代動畫，有必要做到那種地步？居然搞陪睡這種事，妳真的完蛋了啦。不過，不那麼做的話，就不會像那樣被選上了嘛。請問要搞什麼樣的玩法，才能獲得主角的寶座呢？」

「————」

雙眼深處迸出火花。

憤怒凌駕了恐懼。

那個混帳——由美子的腳踏向前方。

不能讓那傢伙再說下去。要是再繼續聽下去，腦袋都要變得不正常了。

由美子靠近到清水身邊，一把抓住他的手臂。

「喂，你別鬧了。也別開直播了。」

「啊？」

清水將臉面向這邊，看似不快地瞪著由美子。

由美子不覺得那眼神可怕。

因為平常總是從正面瞪著自己的女人眼神，可是非比尋常的凶狠。

就在由美子瞪著清水看時，不知何故，他放鬆了手臂的力量。

然後他嘴角上揚，露出感覺很噁心的笑容。

「……各位觀眾——各位有收聽『夕陽與夜澄的高中生廣播！』嗎？替不知道的人說明一下，那是實際上是同班同學的兩名聲優所主持的廣播節目喔。夕暮夕陽與歌種夜澄是同班同學呢。那位歌種夜澄同學現在就在我的眼前耶——比夕姬更令人吃驚喔。因為外表完全判若兩人。」

由美子事到如今才發現清水用看到獵物的眼神盯著自己。

他這番話讓她感受到一種彷彿心臟被握住似的危機感。

雖然不曉得他是怎麼特定出來的。但既然都能把渡邊千佳與夕暮夕陽連結起來，就算把歌種夜澄與佐藤由美子聯想在一起也不奇怪。

不妙。

原本上升的體溫急速冷卻下來。

現在這模樣被看到真的很不妙。

必須現在立刻逃離這裡才行……！

不過，手機鏡頭搶先一步地對準這邊。

由美子動彈不得，就這樣注視著自己的身影被鏡頭捕捉到。

「————嘎！」

但是，清水的身體突然大大地搖晃起來。

他失去平衡，撞翻周遭的桌椅，倒落到地板上。

由美子不曉得發生了什麼事。

看到千佳將身體前傾，揮出拳頭的模樣，她才總算明白。

是千佳狠狠地將清水揍飛了。

由美子是在女同學再次發出哀號後，才注意到這件事。

不知千佳是否弄痛了拳頭，她一邊按住右手，同時俯視著清水。

儘管呼吸急促，雙眼中還寄宿著恐懼，她仍然動了起來。

「唔哇！這女人！她揍了我，她剛才揍了我喔！這可是很嚴重的問題吧！在陪睡之後，還鬧出暴力事件啊！聲優居然使用暴力，這可是大事件對吧！」

清水明明挨揍了，卻沒有委靡不振，反倒欣喜若狂。

他將手機對準千佳，似乎很開心地嚷嚷著。

千佳一邊搓揉著手，同時咬了咬嘴唇。

對於倒在地上嚷嚷的清水，千佳狠狠地大喊：「吵死了！」

教室變得鴉雀無聲。

停不下來的痛罵聲彷彿潰堤一般撲向清水。

「搞……搞什麼，搞什麼呀！為什麼……為什麼我非得被什麼也不知道的你們折騰呀！把……把別人的生活……暴……暴露出來的偷拍行為可以被原諒，為什麼……我非得被說成好像是加害者一樣呀！你們擅自期待！擅自想像！擅自失望！真是夠了……差不多該適可而止了吧！」

千佳這麼吶喊。

她將感情表露出來，用充滿厭惡的表情對清水發出怒吼。

那是她的真心話吧，是渡邊千佳因憤怒而忘我的模樣。

對由美子而言，這並沒有多意外。

她能夠想像到千佳當真動怒的話，大概就是這種感覺。

但這是因為由美子認識平常的千佳。

對於只知道夕暮夕陽的人來說，看起來是什麼樣子呢？

「！渡邊！」

千佳在最後露出一臉悲傷的表情，接著飛奔離開到教室外了。

由美子連忙追了上去。

在走廊上奔跑時，她與班導擦身而過。

「喂，上課鈴聲響嘍。」

「我肚子痛！」

由美子如此大喊，就那樣繼續奔跑。

走廊上沒有其他學生，要找到千佳的背影很容易。

「渡邊！」

由美子呼喚千佳的名字，但她並未停下。由美子卯起勁來加快腳步。千佳跑得並不快。

由美子很快地追上千佳，抓住了她的手。

不過，千佳這次試圖甩開由美子的手。

「等一下啦。算我求妳了。」

聽到由美子這麼訴說，千佳總算停下腳步。

千佳低著頭。不曉得她擺出怎樣的表情。

由美子已經不知道該怎麼向千佳搭話，或是該說什麼才好了。

腦袋一片空白。

好不容易千佳就在眼前，卻無法順利發出話語。由美子只能握住千佳纖細的手。

千佳用當真非常小聲的音量編織出話語。

「……妳應該覺得很爽快吧？畢竟妳也感到懷疑嘛。是靠陪睡呀。變成那樣子了。明明大家都那麼認為，這時還加上了證據……已經變成那麼一回事了。因為——」

「渡邊。」

由美子呼喚千佳的名字。千佳像是胡說八道的話語頓時停住了。由美子緩緩吐了口氣。

「妳是清白的對吧？」

「…………」

「昨天的事情是我不好。對不起，真的對不起。那都要怪我心浮氣躁，我不是真的那麼想才說了那些話，那不是我的真心話。那個角色是妳，是夕暮夕陽靠實力獲得的角色。是這樣沒錯吧？」

「…………」

千佳沒有回答。她依舊保持沉默地面向下方，什麼也不肯說。

不過，經過一陣子後，她總算小聲地回答了「對呀」。她依舊低著頭，用彷彿會聽漏的聲音接著說道：

「絕對沒有作弊。什麼靠陪睡？別開玩笑了。要是靠作弊的方式演出最喜歡的神代動畫，那可會變成一輩子的汙點，一定會後悔，是在否定人生喔。那個角色是只靠我的聲音獲得的，我可以斷言這點。」

聲音雖平靜但語氣堅定的這番話，讓由美子在內心鬆了口氣。

由美子並不是懷疑千佳。

但能像這樣聽到本人親口否定，可以讓人感到安心。

沒那回事對吧——能夠重新確認到這點。由美子稍微放鬆了下來。

「可是……」

彷彿在責備由美子的安心一般，傳來了千佳銳利的聲音。

她的手依然緊繃著。

千佳仍舊面向下方，彷彿自言自語似的編織出話語。

「有誰會相信那種事？誰願意相信？就算我出面否定，主張不是那麼回事，也已經沒用了，已經束手無策了，我的話語已經無法傳遞給任何人。為了獲得角色，可以若無其事地陪睡，骯髒的新人聲優，那就是我喔。已經被當成是那樣了。妳也明白的對吧？有一堆像剛才那男人一樣的傢伙呀……已經沒戲唱了……好不容易，我好不容易稍微能夠覺得當偶像聲優很快樂，卻……」

千佳的聲音在顫抖。她纖細的肩膀縮得更緊，彷彿隨時會崩潰一般。

如果不像這樣抓住她的手，她似乎隨時會消失不見。

由美子說不出話。

她也不能說什麼。

千佳這番話絕對不誇張。

要取消一度擴散出去的話題近乎不可能，無法排除眾人的疑惑。

無論千佳怎麼大聲主張，或是神代導演出面否認，嫌疑都不會消失。

而且最重要的是，千佳與神代導演互相擁抱，走進了房間。

關於這件事，根本無法否定。

就算真的什麼都沒發生，也沒有粉絲會相信這種事。

不僅如此，這次被拍下來的影片成了致命一擊。

「…………」

就在由美子什麼也不能說地咬著嘴唇時，千佳抬起了頭。

看到千佳的表情，由美子無法動彈。

胸口被緊緊地揪住。

千佳一言不發地淚流滿面，淚珠掉落到地板上。

她感覺很強悍的眼眸失去力量，嘴唇顫抖不停。

彷彿文靜的少女一般，千佳一聲不響地哭泣著。

千佳將由美子的手從自己的手上拉開，用含淚的聲音這麼說了：

「我不要當聲優了……」

千佳如此說道並離去。而由美子無法再追趕上去。

由美子回到教室。後來變怎樣了呢？她從外面窺探著情況，只見教室恢復成平常的光景。

因為第一堂課已經開始了。由美子一打開門，就受到眾人同時注目。

「喔，佐藤，已經開始上課了喔。」

「抱歉，因為肚子實在很痛。」

由美子一邊搓揉腹部，一邊這麼回答老師。見狀，老師只說了句：「還會痛的話，就去保健室喔——」

由美子坐到座位上，一邊拿出課本，一邊看向老師。

確認老師沒有面對著這邊後，她悄悄地向坐在前面的若菜搭話。

「若菜。剛才那個……吵鬧的傢伙上哪去了？」

「嗯？那個呀，後來有老師過來，把那人帶到其他地方了喔。」

若菜將臉湊近，悄悄地說道。

引起那麼大的騷動，也難怪老師們會來抓他吧。他現在肯定在學生指導室或職員室被查問原因。說不定到時由美子也會被找去問話。

「……咦，木村呢？」

由美子發現若菜的隔壁是空位。

「聽說是去保健室。雖然傷勢好像不重，但似乎是貧血還是什麼的。」

「喔……」

由美子想起木村被踹開之後，就那樣動也不動了。

……他姑且好像是幫忙保護了千佳，之後是否應該道謝一聲比較好呢？

就在由美子陷入沉思時，若菜將臉湊近過來。

「噯，由美子？」

「嗯？」

「小渡邊是聲優？倒不如說，儘管知道了，不過由美子也是對吧？」

「————」

雖說只有一下子，但清水也對由美子說了類似的話。因為那之後的千佳的行動過於強烈，由美子原本以為可能不會讓人留下記憶，但若菜似乎記得。

或許這也是理所當然的，若菜可是由美子的好友。

「……嗯。沒能對妳說，抱歉。」

「沒關係沒關係，畢竟我老早就知道由美子偷偷地在做些什麼嘛。」

「哎呀……」

看來她似乎是早就明白而不多說什麼。真是非常體貼的朋友。

「我原本就覺得由美子沒有告訴我，就表示那是不能說的事情吧。已經可以告訴我了嗎？」

「……嗯。下次有機會，妳願意聽我說嗎？雖然大概說來話長就是了。」

「看來要找間飲料喝到飽的店啊。」

唔嘿嘿——若菜如此笑著。由美子也跟著笑了。

其實她很想要今天就把事情都說出來。

一直隱瞞至今的愧疚感，以及總算能告訴若菜的喜悅，這兩者都有。

但是，今天不行。

若菜什麼也沒說，是因為她也明白這一點吧。

由美子思考著，思考著。

上課時一直動腦思考著。

在上第四堂課時，手機震動了一下，是加賀崎傳來訊息。由美子趁老師不注意時看了一下訊息，上頭有個網址與「看了這個後跟我聯絡」這樣的文字。

由美子點開網址，發現是連接到影片網站，因此悄悄地關掉聲音。

那是間眼熟的教室。眼熟的女學生，還有眼熟的發展在影片裡播放而出。

那部影片開了直播。

雖然早就知道這點，但像這樣親眼目睹，內心仍會變得沉重起來。

第四堂課結束後，進入午休時間。

「抱歉，妳先吃吧。」

由美子向若菜這麼說道，隨即離開了教室。

她走到走廊的角落後，打電話給加賀崎。所幸加賀崎很快就接了電話。

『啊——由美子嗎？情況好像很不得了啊。妳那邊還好嗎？』

「嗯。嗯，我沒事。」

由美子苦笑地如此回答。雖然心境一點都不是沒事，但她稍微鬆了一口氣。

能夠信任的大人聲音，光是這樣就能給人安心感。

告訴我經過吧。雖然加賀崎這麼說，但由美子知道的也不多。

自己和千佳的真實身分在某處穿幫，因為陪睡的新聞而激動不已的清水邊開直播邊暴露了這件事。由美子知道的就只有這些而已。

聽完這些話的加賀崎，簡短地回答「這樣啊」，然後難以啟齒似的推進話題。

『……夕暮的狀況很棘手呢。要怎麼對應是由經紀公司決定，我們想再多也沒用。不過好像聯絡不上她。她還在學校嗎？』

「不在。她回去了……」

『這樣啊……呃——話說回來啊，由美子，關於那部影片，幸好沒有拍到妳的樣子。妳撿回一條命了。』

就如同加賀崎所說的，那部影片沒有拍到由美子。

因為在鏡頭對準由美子前，千佳揍飛了清水。

『然後，雖然我很想避免過度干涉妳的私生活……但妳可以把平常的裝扮改成被粉絲看見也無所謂的打扮嗎？畢竟學校已經被特定出來，你們的粉絲可能會跑去看。在歌種夜澄＝佐藤由美子的構圖已經完成的現在，妳那樣的打扮會——』

「加賀崎小姐。」

『……什麼事？』

話說到一半被打斷，讓加賀崎發出有些疑惑的聲音。

由美子緩緩地深呼吸了一下。

她稍微有些迷惘。

聽到加賀崎的聲音，鬆懈下來的心情就那樣向自己說著「已經可以了吧」。

不過，由美子像要斷絕迷惘似的搖了搖頭。

「那個呀，加賀崎小姐，我非常感謝妳。因為加賀崎小姐幫我很多，我才能做些像是聲優的工作，才能努力下去，能覺得想要好好加油。我不敢想像沒有加賀崎小姐的後果。謝謝妳一直以來的幫忙……但是，對不起——我的聲優生涯可能會在今天結束。」

『啥？妳等一下，由美子，這話是什麼——』

由美子猛然掛斷電話。

雖然加賀崎立刻回撥，但由美子無視來電，將手機收了起來。

「若菜！」

由美子急忙地回到教室，呼喚正吃著便當的若菜。
她一邊將東西塞到書包裡，一邊說了下去。
「我現在要回去了！妳幫我跟老師說一聲我早退了！」
「嗯？說肚子痛可以嗎？」
「可以！謝啦！」
由美子抓起書包，飛奔離開教室。
她一邊飛奔穿過走廊，同時打了電話。
『喂，你好。』
「小朝加！我有事拜託妳！可以現在就過去嗎？」
『啥？欸？咦？』

晚上八點的十分鐘前。
由美子人在平常那間錄音室。
但是，跟平常的錄音間不同。
是用來拍攝影片的房間。
那裡聚集著除了千佳以外的高中生廣播的工作人員。

「如何？有人來嗎？」

由美子一邊窺探朝加操作的筆電，同時如此詢問。

朝加露出看似複雜的笑容。

「很多人。我負責的節目還沒看過這樣的數字呢。」

「嗯，畢竟題材也有關係嘛。我的推特也是，宣傳這消息的推文通知都爆了，追蹤者數量也不停增加。一堆人說這是不是在作秀。」

由美子哈哈大笑給朝加看，但有一半以上是在逞強。

保持沉默的話，緊張會支配身體。

現在好想立刻說「還是算了——！」然後掉頭回家。

因為也沒告知經紀公司就開始行動，一開始加賀崎狂打電話來。

不過，似乎掌握了情況的她，傳來「經紀公司這邊我會想辦法處理」這樣的訊息後，就沒再打電話來了。

一直在給加賀崎添麻煩啊。等這個結束後，首先去向她賠罪吧。

……雖然她可能不願意再見到自己。

顯示在電腦上的是影片網站的直播畫面。

接下來由美子要開始直播。

以「夕陽與夜澄的高中生廣播！出差版」的名目。

直播是從八點開始。從一小時前公開節目頻道後，聚集了許多等待直播的觀眾，數量十分嚇人。留言源源不絕地閃現畫面上。

那些留言幾乎都是在講關於千佳陪睡的事情，或是今天早上的影片，鬧得非常厲害。

這場直播會聚集這麼多人是有原因的。

由美子以歌種夜澄的身分，在這個節目的說明欄中寫了「請讓我說一下夕暮夕陽的事情。是關於那篇新聞，以及今天早上的直播影片」。

這樣當然會有一堆人聚集起來。

明明夕暮夕陽和經紀公司都還沒發表評論，卻有其他聲優從旁冒出來，主張「由我來說明」。

一定也會遭到藍王冠斥責吧。

如果只有自己遭受處分也就算了，但形象會受損的恐怕是她的經紀公司巧克力布朗尼。由美子內心滿是歉意。

就算被開除也沒資格抱怨……豈止如此，只是被開除就能了事嗎？

但是，現在先集中精神在這上面吧。不應該去想之後的事情。

「小夜澄，工作人員說差不多可以準備上場了。」

聽到朝加這麼指示，由美子點了點頭。

裡面是個四角形的白色房間，原本會裝設節目用的簡單布景。

但現在什麼都沒有。

房間內只放著椅子。

攝影機後面準備了螢幕，可以確認攝影機拍攝出來的影像。

螢幕上只映照出由美子的身影。

由美子將視線從上面移開，看向房間外的控制室。

接受了由美子亂來的提議，可靠的大人們就待在那裡。

「各位，謝謝你們陪我做這麼亂來的事情，我非常感謝大家。還有，對不起，我應該比自己所想的給大家添了更多麻煩。雖然不曉得該怎麼表達感謝才好，總之，真的很謝謝你們。」

他們答應了由美子明顯有問題的提議。

身為節目導播的大出笑著開口說道：

「不用道什麼謝啦。我啊，只是因為好像能有不錯的收視率才答應這樣做罷了，沒有什麼更深的理由。用不著感謝這麼骯髒的大人啦。」

「那麼，謝謝你願意當個骯髒的大人。」

由美子這番話讓房間內充滿笑聲。

她一邊露出笑容，一邊坐到攝影機前的椅子上。

麥克風已經測試完畢。之後只等時針指向八點。

呼——由美子吐了口氣。彷彿會因為緊張而發瘋，腦袋茫茫然的。話雖如此，卻也沒那個心情閒聊，只能等待時間到來。

今後會變成怎樣呢？一想到這些事情，就好像要顫抖起來。

「小夜澄。」

就在由美子強忍著緊張時，朝加如此呼喚她。

朝加露出了不輸給由美子，似乎很不安的表情。

「這樣真的好嗎？現在的話還來得及喔，還能取消直播。搪塞過去的方法要多少有多少。即使如此……」

「小朝加，謝謝妳。」

由美子看著朝加的眼睛，面帶笑容地搖了搖頭。她覺得自己應該笑得很自然。

朝加語塞了一會兒後，靜靜地露出微笑，點了點頭。

「……我知道了。小夜澄，加油。」

「嗯，謝謝妳。我下次去煮飯給妳吃，當作今天的謝禮。妳先想一下想吃什麼吧。」

「嗯，我知道了。我很期待。」

「三十秒前。」

控制室的工作人員發出倒數計時的聲音。

由美子閉上眼睛。仔細一想，這還是自己第一次獨自主持節目。

在這個時候才知道有搭檔在一事，會帶給人多麼強烈的安心感。

有搭檔真棒呢。她茫然地思考著這些事情。

現在是一個人。雖然號稱是「夕陽與夜澄的高中生廣播！」但夕暮夕陽並不在這裡。

……不，說不定歌種夜澄也不在這裡。

在剩下十秒的時候，可以感受到緊張忽然緩和下來。

因為開關打開了——用來扮演歌種夜澄的開關。

這是相當方便的東西，會幫忙消除緊張和不安。

之後只要開朗地說「我是歌種夜澄！」像這樣打招呼的話，就能以歌種夜澄的身分向前奔跑。

由美子一邊聽著僅剩不多的倒數，一邊看向螢幕。

可以在上面看見自己坐著的身影。

「五、四、三……」由美子一邊聽著這樣的聲音，同時在內心——

悄悄地關掉那開關。

直播開始了。由美子稍微停頓一會兒後，緩緩地低下了頭。

「大家好。我是歌種夜澄。」

由美子以跟平常的歌種夜澄相差甚遠的態度，用她原本的聲音這麼打招呼了。

並不是感到拘謹。

她只是展現出平常的態度。

「我想應該很多人感到驚訝。無論是知道我——歌種夜澄的人，或是不知道的人，如果有這樣的辣妹在聲優廣播裡出現，當然會讓人大吃一驚了。首先向大家賠罪，這就是平常的我。欺騙大家真的很對不起。」

——沒錯。

現在由美子是用平常的打扮，也就是辣妹裝扮在攝影機前現身。

柔軟蓬鬆地捲起來的頭髮，以及點綴著胸口的項鍊。

裙子盡可能地剪到最短，臉上的妝化好化滿。

這模樣跟平常的歌種夜澄相差甚遠。

由美子看向螢幕。流過的留言數量非比尋常，可以看出觀眾正陷入混亂。

由美子重新面向攝影機，繼續說了下去。

「我想在觀看這場直播的大部分觀眾，應該都看過那部影片了，就是夕暮夕陽在學校被質問的影片。只要看了那影片就會知道，那傢伙也跟我一樣欺騙了大家。她平常是那種陰沉的傢伙，講話也很難聽。無論是夕暮夕陽或歌種夜澄，在麥克風前都是在演戲，畢竟那樣比較受歡迎。」

看到由美子流暢地這樣述說，朝加的表情變得更加不安。

因為由美子是毫不掩飾地在說這些話吧。

但是，這樣就行了。

「我們在廣播節目裡像是好朋友一樣，其實感情一點都不好，反倒很糟糕。我們老是吵架，在學校也幾乎不會交談。那傢伙應該很討厭我，但我也討厭那傢伙，最討厭她了，講話難聽眼神又凶狠，是個無藥可救的傢伙。我可以講那傢伙的壞話講上好幾個小時呢。」

哈——由美子露出邪惡的笑容。

倘若是歌種夜澄，絕對不會像這樣笑。

包括朝加等人在內，工作人員已經看習慣了，但觀眾會作何感想呢？粉絲會作何感想呢？看到這樣的自己，他們會抱持怎樣的想法呢？

由美子消除那些念頭。

現在沒空去在意那種事情了。

她決定這麼做。既然如此，就必須做到最後才行。

「……只不過，我同樣是個無藥可救的傢伙。平常的我講話也很難聽，個性又倔強。服裝也是，是因為喜歡才這樣打扮的。但我知道這種打扮不會被接受，如果是平常那種不可愛的性格也不會有粉絲，所以才演戲。」

由美子輕輕吐了口氣，聲音變得虛弱無力。

自己一直在撒謊。

像這樣坦白，居然會讓心情變得如此沉重。

「那傢伙啊，是因為經紀公司要求才逼不得已地演戲。但我是主動這麼做的喔，因為那樣比較受歡迎。儘管穿幫的話會是個嚴重的問題，但比起以後的事情，眼前的工作更加重要。」

在千佳的真實身分被暴露之後，由美子也稍微思考了一下。

既然會變成這樣，是否打從一開始便用原本的面貌從事聲優行業就好了。

是否不要演戲什麼的比較好呢？

但是，她立刻打消那樣的想法。

由美子不用說，就連千佳也是，如果維持原本的面貌，根本不會有工作吧。

正因為有靠偶像聲優建立起來的基礎，才有現在的工作。這點可以肯定。

沒有那種基礎的話，就連要爬到現在的地位，應該都會晚上好幾年吧。

「……有些離題了呢。我要開始說關於夕暮夕陽，以及今天早上那部影片的事情。我想看了那影片的人應該知道，那傢伙的模樣很清楚地被拍了出來，是平常不起眼的模樣呢。明明不能被看到那副模樣，不僅如此，還被質疑陪睡，我想那傢伙一定非常難受。她一定很害怕，很受不了，而且也感到憤怒吧。她感到憤怒這點——應該看得出來嗎？畢竟都怒吼成那樣了。」

千佳那時的憤怒模樣仍殘留在記憶中。

她揍飛清水，大吼大叫。

由美子至今為止看過好幾次千佳生氣的樣子，卻還是第一次看到她像那樣讓感情爆發而出。

只不過……

有個地方讓由美子有種不協調感。

「當時，那傢伙揍了那男人。看到那影片的人，會覺得她是個基於憤怒而使用暴力的傢伙吧。可是，從平常總是惹她生氣的我來看，那才是天大的謊言。她不是那種會因為情緒激動而使用暴力的人。」

千佳也曾對由美子生氣過好幾次，卻一次也沒有動手。

由美子前幾天說了那麼過分的話，但對於那樣的由美子，她也沒有動手。

她只有在那時揍了人。

對於她當時使用暴力的原因，由美子心裡有數。

「……雖然不希望大家去看，但只要看了那影片就會明白喔，那傢伙是在包庇我。那男人想要暴露我的真實身分，在他打算將鏡頭對準我的瞬間，那傢伙讓他從我身上移開視線。保護了我啊。要是我這副模樣公諸於世，就別想當偶像聲優了。在她也自身難保的那種狀況下，那傢伙依舊保護了我啊……」

由美子將手伸向頭，一把抓亂了頭髮。

沒錯。不是那樣的話，在那種狀況、那種情勢下，沒有拍到由美子的身影實在太奇怪

了。

那並不是由美子很幸運。

而是千佳拚命地保護了自己。

「……她好不容易保護了我，我卻像這樣在大家面前出現，或許糟蹋了她的心意。但是，必須是這副模樣才行，我想以不是在撒謊的我，用真正的我，請大家聽我說關於夕暮夕陽的事情，關於她被懷疑陪睡的那件事。」

接下來才是正題。

由美子正襟危坐。她筆直地注視著攝影機，緩緩開口說道：

「那傢伙是清白的。」

她斬釘截鐵地這麼說了。

「雖然那傢伙個性彆扭，人又陰沉，是個無藥可救的人——但她對聲優這份工作非常誠懇，坦率且正直。她從平常就對自己當偶像聲優一事抱持疑問，也覺得欺騙粉絲讓她於心不安，她一直提到想要只專注在聲音的工作上，也很努力減少那些謊言喔。而且如果是夕暮夕陽的粉絲應該知道，那傢伙是神代動畫的……粉絲……」

由美子在說到一半時語塞了。

嘴唇顫抖著。聲音好像會變尖。感情激動起來。

無可奈何的心情不斷從內部湧現而出。

「她說要是靠作弊演出最喜歡的作品，會成為一輩子的汙點。她說那是在否定人生。她這樣說了喔……！她絕對不是那種會搞什麼陪睡的人呀。她反倒最不擅長那種事情了！我知道的，我就是知道，我知道她辦不到那種事情！那傢伙她……那傢伙她！明明很彆扭卻又正直得不得了，總是面向前方，是我的嚮往！那就是夕暮夕陽啊！」

聲音自然地變大。

腦海中不禁浮現千佳的身影。

身為聲優的千佳十分帥氣，夕暮夕陽十分帥氣，所以才會嚮往，才會嫉妒。被那樣的千佳認同，會不禁覺得開心。她就是那樣的聲優。

雖然看到千佳不斷向前進很難受，但感覺追逐她背影這件事，也成為不小的救贖。

千佳讓自己覺得不想輸。

由美子緊握拳頭。身體湧現力量，強烈的感情竄過全身。

那種感情沒有咬破身體，而是化為淚水現身了。視野濕潤起來。無法抑止眼淚溢出。

儘管如此，儘管如此，由美子仍開口說道：

「最重要的是，那傢伙自己說了！她說絕對沒有作弊，她絕對沒有陪睡！所以就是那麼一回事啊！她是清白的！她是清白的啊……！相信她嘛，相信那傢伙，相信夕暮夕陽說的話呀……！為什麼傳達不出去呢……你們是那傢伙的粉絲對吧……？是因為喜歡才追蹤她的吧……？雖然那傢伙的確撒了謊，雖然她根本不是什麼偶像！但你們迷上的那傢伙的聲音，

應當是貨真價實的吧……？如果你們有一點喜歡她，喜歡她的話，就救救她呀……只要你們說『已經沒事了』，她就能獲得救贖呀……！照這樣下去，那傢伙會辭掉聲優的工作……那麼悲傷的事情不應該發生吧……！我還想跟那傢伙一起主持廣播節目呀……！」

由美子話中帶淚，斷斷續續地講到現在，但她已經到了極限。

嗚咽滿溢而出，淚水停不下來。

由美子摀住嘴，低頭面向下方。

不行啊，不能一直哭哭啼啼。明明這麼想，眼淚卻無止盡地溢出。

就在這時候——

房間的門被打開了。

一開始，由美子還以為是因為自己泣不成聲，工作人員為了中止節目才走進來。

但是，打開門站在那裡的人，是理應不在這裡的人物。

那是「夕陽與夜澄的高中生廣播！」另一個主持人。

夕暮夕陽——渡邊千佳就站在那裡。

跟在學校時一樣，長長的瀏海與制服打扮。

千佳手上握著手機。可以略微看見的螢幕上，顯示著這場直播的畫面。

彷彿盡全力跑來了一般，千佳氣喘吁吁。

「妳……妳……怎麼會……？」

事情太過突然，讓由美子驚訝地站起身。

千佳什麼也沒回答地調整著呼吸。但不知是否感到不耐煩了，她就那樣靠近這邊。

然後……

她緊緊地抱住由美子的身體。

「我真的很討厭——妳這種地方。」

千佳用力地抱緊由美子，像是努力擠出聲音似的說道。

她的眼眶滿是淚水，抓住由美子的手十分用力，肩膀還顫抖著。儘管對這種狀況感到混亂，由美子仍將手繞到千佳的腰上。

千佳就在眼前。

這讓由美子無可救藥地感到安心，她的體溫近在身邊。

渡邊千佳就在這裡。

由美子拚命地忍住又差點哭出來的情緒。

不是哭泣的時候了，必須搞清楚狀況才行。

「渡邊，妳怎麼會在這裡……？明明說了聯絡不上妳……」

「是呀。我對一切都感到厭倦，關掉了手機電源，什麼都不看地一直待在家裡不動。我本來暫時都不打算看向外界了，但有人來家裡接我。他要我看這個，告訴了我這場直播的事情，所以我才連忙衝出來的。」

「去接妳……是誰呀？」

是經紀人嗎？由美子正想開口問時，千佳稍微拉開與由美子的距離，將視線望向門扉。

一名男性從門口走了進來。

是個高大纖瘦的男人，年紀大約四十五上下吧，五官立體深邃，纏繞著感覺很溫柔的氛圍，穿著皺巴巴的襯衫與有皺摺的休閒褲。

由美子對看起來有一點疲於工作的這名男性有印象。

腦海中浮現出男性的名字時，由美子驚訝得直接發出了聲音。

「神……神代導演！怎……怎麼會……？」

是與千佳一起被拍下照片的動畫導演——神代。

看來他似乎也是跑過來的，他手拄著膝蓋喘氣。

他以感覺很柔和的表情看向由美子，靜靜地笑了。

「妳好，歌種同學，幸會，我是神代。突然像這樣打招呼實在抱歉。」

「不，別這麼說……我不要緊的。」

「很抱歉再三打擾，但我想借用一下妳幫忙製造出來的時間，想跟各位觀眾告知夕暮夕陽與我的關係。」

神代將手伸向攝影機。

一度鬆懈下來的緊張感又回來了。

無論神代是接受或否定這次騷動，都無法平息粉絲的憤怒吧。不曉得情況會怎麼發展。只要看螢幕就能知道觀眾的反應，但由美子害怕得不敢看。

千佳與神代並肩站在攝影機前。

千佳閉上雙眼保持沉默。一旁的神代有些生澀地講了起來。

「我是神代。我想在觀賞這部影片的觀眾，應該都知道那篇新聞，就是夕暮夕陽跟我是否有不正常關係的疑問。那是不可能的。讓大家誤會實在很過意不去，所以我在此告知各位我跟這孩子的關係。我跟這孩子是——親生父女。」

「……啥？」

由美子不禁發出這樣的聲音。雖然由美子覺得不能打擾他們，而在旁靜靜地觀望，但事情實在太出乎意料，讓她不禁發出聲音。她還以為會告知兩人正在交往，或是否定那種關係。

父女。他說父女？

「等……等一下啦！渡邊的爸爸是那個對吧，是動畫師！是妳成為聲優的契機！妳不是那麼說過嗎！」

「……我是那麼說過呀。我說他曾經是動畫師，在離婚之前是那樣沒錯。他是後來才當上導演的。」

千佳若無其事地說道，這讓由美子講不出任何話，只能發出「咦咦——……」這種洩氣

的聲音。

雖然有很多人是從動畫師當上導演的，但既然如此，她大可說一聲啊……

聽到他們是父女，由美子比較著兩人，但實在看不出來。

感覺不到那種氛圍，是因為他們沒有一起生活的關係嗎？

不過，仔細觀察的話，感覺千佳的臉似乎有些神代的影子。儘管千佳長得很像母親，但有許多地方可以感受到神代的特徵。

說不定他們挺像的。

「……拜託別盯著我看。」

千佳將視線從由美子身上移開，看來很害羞似的將臉撇向一旁。

「啊，該不會妳之前說的祕密基地是──」

聽到這番話，由美子靈光一閃。

到千佳家過夜，首次從她口中聽說父親的事情時。

那一天，她曾說自己把動畫的藍光光碟和周邊商品藏在祕密基地。

她說的應該就是神代的公寓吧。

「就是那麼回事。」

千佳靜靜地肯定。她把被母親看到很不妙的東西，先藏在父親那裡。

啊，突然很有父女的感覺。

神代感到溫馨地看著由美子與女兒的交流，然後接著說了下去。

「我原本認為我跟她是親生父女這件事不要公開比較好。雖然絕不會有那種事，但我擔心可能被誤會是走後門還是什麼的。我也就罷了，卻可能會對她造成不利的影響。我這麼認為，所以一直沒講。說來難為情，但我挺早之前就已經跟這孩子的母親離婚了，這些事情也不體面……早知道會變成這樣的話，我就公開宣布了。」

他感到為難似的搔了搔臉頰。

的確，如果會鬧得這麼大，不如一開始就講出來還比較好。

不過，由美子有更無法接受的地方。她向千佳發洩她的不滿。

「妳明明可以先跟我們說一聲的呀……」

「才不要。那是我爸爸喔～這樣講好丟臉。又不是小學生。」

「啊——……」

由美子好像可以理解那種心情。也就是說千佳身為一個青春期的女孩子，不想那麼做。

雖然由美子沒有父親，不過可以理解那種害臊的感覺。

與此同時，神代所擔憂的事情也是原因之一吧。

既然是父女，便不是粉絲哀嘆的那種關係。

不過，那樣也會有其他問題出現。

就是神代所說的「被誤會是走後門還什麼的」。

神代再次開口：

「既然我跟這孩子是父女，那麼前幾天發表了演出者的『幻影機兵Phantom』的選角，是否別有意圖呢……我想應該會有人這樣認為吧。」

還剩下這個問題。無論是陪睡或是父女，結果都還是走後門不是嗎？

「這點由我來說明。」

又有另一個人走進了房間。

「我是『幻影機兵Phantom』的音效指導，名叫杉下。」

他站在神代的旁邊，如此說道後鞠了個躬。

「請看這個。」他一邊這麼說，一邊在攝影機前攤開了檔案夾。

「過去曾舉辦聲優選角試鏡，這是參加了試鏡的所有工作人員的評分表。除了神代先生以外的所有人，都選擇夕暮夕陽同學擔任主角。的確，神代先生可能對她有特別待遇也說不定，但那是不好的特別待遇喔。」

杉下打開的檔案裡，確實並列著他所說的結果。

除了神代以外的人，都一致推舉夕暮夕陽。

千佳深深點頭，神代卻在她旁邊露出有些為難的笑容。

「哎呀，這可是親生女兒要替自己的作品配音喔？各位覺得這樣能做出冷靜的判斷嗎？那我當然會讓她落選了。」

……感覺那樣也很可憐就是了。

真的是在負面意義上的特別待遇。

千佳瞪了那樣的父親一眼後，淡然地說出話語。

「自從聽說神代動畫要出新作品後，我就一直在準備試鏡。我非常拚命地不斷練習，為了一定要合格，努力到不能再努力的地步，因為那是我的夢想。我自己都覺得氣勢駭人了……所以能夠合格，而且還是主演的時候，我真的很開心。要說我有多開心，就是開心到甚至在門口抱住父親。對不起喔，因為我有一點戀父情結嘛。」

千佳若無其事地說著傻話。

由美子知道平常的千佳是什麼樣子，所以從她的角度來看，千佳抱住神代的模樣讓她很意外。她原本以為「嗯，她大概在男人面前就是那樣子吧」，但似乎不是那麼回事。

千佳當真覺得很開心吧。

能夠演出打從心底感到嚮往的作品──同樣是聲優的由美子可以理解那種喜悅。

因為那樣努力的結果被踐踏了，千佳才會那麼氣憤。

全都是一場誤會。

懷疑終究只是懷疑，揭曉之後發現真相其實並沒有什麼。

由美子一下子放鬆下來，感覺原本緊繃成那樣好像傻瓜。

「……什麼啊。那我根本沒必要像這樣多管閒事，其實事情之後就會自行解決了？完全

是白費功夫？唔哇——好丟臉——……」

由美子只能抱頭感到苦惱。完全是多此一舉了。

給許多人添了麻煩，丟了很多臉，還搞砸了自己的偶像聲優生涯。

就算由美子不這樣做，只要他們在其他場合像剛才那樣應對，一切就會和平落幕。

「沒那回事喔。」

千佳走近到由美子身旁。

她依偎著由美子，同時像在確認似的繼續說道：

「我原本真的打算放棄。老實說，我已經感到厭煩了。被那種像跟蹤狂一樣的人騷擾，私生活也被暴露出來，還被說了一堆難聽的話……明明沒有做任何壞事，自己本身卻遭到否定，這真的讓我很受不了。我覺得怎樣都無所謂了。況且無論怎麼解釋，一度被懷疑過的事情是不會消失的。『夕暮夕陽陪睡了』這種謠言想必已經流傳四處了吧，但『那是謠言』這件事只會有一部分人知道。實在很沒意思。」

「………………」

聽到她這麼說，由美子也重新思考起來。

這是藝人也常碰到的事情。半開玩笑地被報導出來的八卦，愈是負面傳播得愈快。不過，就算知道那是誤會，是誤會的情報卻不會傳播出去。

恐怕千佳今後也會好幾次被當成「搞了陪睡的女人」看待。

每次都得向人解釋那其實是一場誤會。

那樣的負擔非比尋常。

「而且一定也有些傢伙不會相信『她沒有走後門』這樣的情報。要繼續當聲優的話，就必須面對那種人。我實在沒力氣去應付那些人了呢。」

但是——

千佳如此低喃，輕輕地牽起由美子的手。

她緊緊地握住，纖細的手指包住由美子的手，共享著體溫。

千佳注視著那手，小聲地說道了：

「因為妳替我做到這種地步，因為妳像那樣替我說話，因為妳願意相信我……我真的很開心，真的真的很開心。妳都為我付出這麼多了，我怎麼可能有辦法放棄呢？根本不能說我要放棄嘛。所以我會加油的。雖然已經沒辦法以偶像聲優的身分工作下去，但那樣正好。我要赤腳走在滿是負評的道路上，爬到頂點給大家看。讓我產生這種想法的人是妳喔。妳真的是——」

千佳抬起頭來。

她的眼神像往常一樣凶狠，從眼睛深處流洩出銳利的光芒。

不過，那雙眼柔和地瞇細起來，嘴角浮現出笑容。

那笑容就彷彿花朵緩緩綻放一般。

「──總是在妨礙我，是最差勁的搭檔呢。」

「……彼此彼此吧。妳害我的聲優生涯說不定也要結束了耶，前途一片黑暗啊。都是因為有妳這樣的搭檔。」

由美子強調是千佳的錯，也戳了戳千佳的肩膀。然後一臉滿足似的笑了。彼此互相交換著笑容。

「重新來過吧。兩人一起再次從頭開始。」

「也是呢，跟以前一樣啊。不過兩人一起的話，一定沒問題的，對吧。」

兩人的聲音無比溫柔地響起，溫暖了彼此的內心。

NOW ON AIR!! 第24回 最終回

「夕陽與──」

「夜澄的──」

「「高中生廣播！」」

「大家早安～我是夕暮夕陽。」

「大家早安──我是歌種夜澄！」

「這個節目是由碰巧同校又同班的我們兩人，將教室的氣氛傳遞給各位聽眾的廣播節目。」

「呃──就如同以前宣布過的那樣，這集是『夕陽與夜澄的高中生廣播！』最終回──」

「因為實在太快被腰斬，一點感慨都沒有呢。」

「畢竟才播出了半年嘛……哎呀，才半年耶。那當然沒什麼好感慨的了。這下怎麼辦？都最終回了，我想聊些感人催淚的話題耶。」

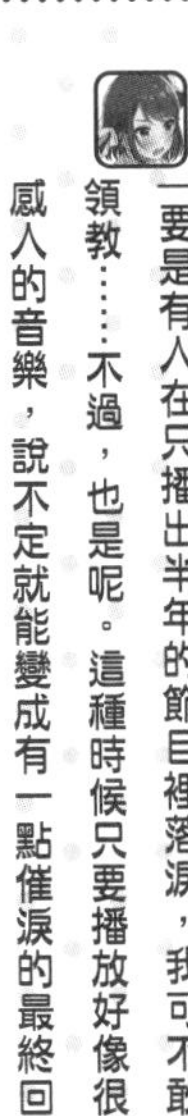

「要是有人在只播出半年的節目裡落淚，我可不敢領教……不過，也是呢。這種時候只要播放好像很感人的音樂，說不定就能變成有一點催淚的最終回呢。」

「適合最終回的音樂……呃，像是驪歌之類的？」

「又不是關店前……不，說得廣泛點，好像也可以說是關店啦……」

「……啊，可是妳聽。工作人員很貼心地幫忙播放了驪歌喔。」

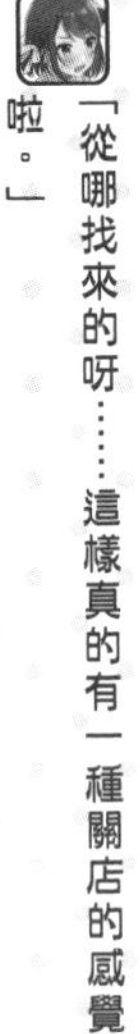

「從哪找來的呀……這樣真的有一種關店的感覺啦。」

「明明才進行到開頭閒聊而已呢。啊，對了，說到驪歌啊，之前在店裡……」

「給我等一下。別自然地閒聊起來。明明還有事情要說吧。」

「有事情要說？什麼事？……啊啊，我還真的忘了。呃——那我念劇本嘍。『其實有個大新聞要告訴正在收聽這個廣播的各位聽眾。「夕陽與夜澄的高中生廣播！」在之前播出時曾告知總共24回就結束。不過……』」

「會繼續播出。」

「妳講得也太乾脆了吧。」

「現在這種狀況，每個人都覺得『八成會繼續下去吧』。」

「是那樣沒錯啦……呃——姑且先說明一下，原本真的是預定要腰斬喔。只不過就如同各位所知的，出差版的播放次數與留言數非常驚人。那之後更新的集數也是，收聽率成長到無法相提並論的地步呢。」

「真像是負面行銷的範本呢。」

「要說是負面行銷，我覺得也太不會控制輿論的火候了。」

「畢竟我們都完全燃燒殆盡，變得好像木炭一樣呢。」

「呃——所以在輿論燒起來後，夕跟我都不演了，就像日常一樣漫無目的地閒聊。」

「但不知為何那樣反倒莫名得到好評，好像紅了起來。聽說因為感覺有機會賺錢了，就

NOW ON AIR!! 第24回 最終回

決定繼續播出節目。之前假扮成另一個角色拚命聊天的我們好像傻瓜一樣呢。」

「哎呀，真的是呢。事情就是這樣，節目會播出到聽眾聽膩為止，請多關照嘍。」

「請多關照。」

「……話說驪歌要播到什麼時候呀？」

「……『因此我想請教一下，夜夜與夕姬在這24回裡面，有什麼印象深刻的回憶嗎？』以上是來信內容，妳有何看法呢，夕暮同學？」

「沒有。完畢。」

「我也一樣。以上是來自現場的聲音。好的，下封來信……什麼事，小朝加？『沒什麼可以講的嗎？』妳這麼跟我說也沒用呀。」

「沒有呢。是虛無啊，虛無。虛無廣播喔，聽了也一無所獲的節目就是這個廣播喔。」

「反倒想問這個廣播怎麼會繼續播出呢……雖然的確是虛無沒錯，但硬要舉個例子的話……果然還是那次『兩部影片』的事件吧？」

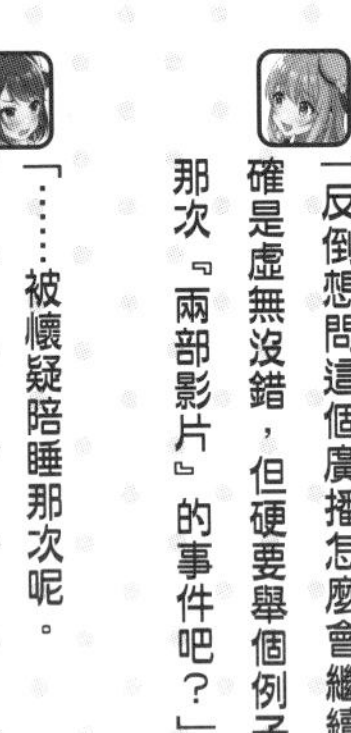

「……被懷疑陪睡那次呢。我實在不想再提到那個話題。但每次去工作現場，都會被問起那件事呢。」

「我也是。還會被說『真是青春呢！』這樣的話。哪裡青春啦？講的是陪睡耶。」

「要說我討厭什麼地方，就是那個。有人看了那影片後，誤以為我們感情很好，真的很麻煩。」

「因為我們感情並不好嘛。」

「反倒該說是很糟糕呢。只是因為工作才一起主持罷了。」

「這麼說來，拍攝那部影片的我們學校的學生啊，不久前退學了。」

「……那種事可以說出來嗎？」

「要是不行的話，工作人員會幫忙修掉吧？我是想跟妳說那種男人已經不在同一間學校裡了，可以放心喔——」

「就算夜不說，感覺情報也會很快就流傳出去呢。畢竟那部影片讓輿論燒很大，他的住址和本名什麼的都被特定出來了嘛。」

「嗯，對呀，全——部都被揭露出來了呢。該說他自作自受嗎，總之那算是他的報應，所以我不會同情他就是了……咦，什麼事？小朝加。」

「不僅是當地人才懂的話題，而且太陰暗了……？這個廣播的構想原本就是那麼回事吧？」

「就是啊就是啊，讓我們自由發揮啦——……啊，慘了，今天加賀崎小姐有來，認真點主持吧。接著閱讀來信——呃——化名大叔臉的高中生同學。這傢伙經常寄信來呢……『夕姬、夜夜，早安』」……

to be continued!!!!

後記

各位讀者幸會，我叫二月公，在第26屆電擊小說大賞中獲得了大賞。

我想各位讀者應該都察覺到了，我很喜歡收聽聲優的廣播節目。因為太喜歡收聽，甚至寫出了這部作品，而且幸運地榮獲大賞。

對於給平常生活帶來樂趣的聲優廣播節目，我的內心只有感謝，這下更是怎樣也感謝不完了。

在收聽各種廣播節目時，「假如要跟非常合不來的人一起主持廣播，好像會很辛苦」——這樣的想法是我執筆本故事的契機。但是，當然這只是我的妄想，本作品也並非將現實的聲優或特定節目直接當成模特兒在描寫，假如看起來像在影射什麼，那也是我思慮不周所造成的。本作品跟實際人物沒有任何關係，希望各位讀者能在這個前提下閱讀本書，感激不盡！

話說本作居然有幸與在文化放送 超！A&G+播放的「Pyxisの夜空の下 de Meeting」合作宣傳，實在令我不勝惶恐。

在節目裡面，以出差版這種形式演出「夕陽與夜澄的高中生廣播！」替佐藤由美子（歌

種夜澄）配音的是伊藤美來小姐，替渡邊千佳（夕暮夕陽）配音的則是豐田萌繪小姐。

兩位真的是非常紮實地在扮演，讓我深感榮幸，實在開心得不得了。而且還請Pyxis的兩位撰寫了書腰的評論，以及授權使用照片宣傳，在多方面獲得大力協助（註：此指日本版）。

豐田萌繪小姐、伊藤美來小姐，還有各位相關人士，真的非常感謝大家。

得到了永生難忘的回憶。

「花了這麼多宣傳費，沒問題嗎？」我這麼詢問責編等人，得到了「要是失敗的話，就大家一起死吧！」這樣的回答。

有編輯會向出道前的作家提議同歸於盡的嗎？

以這樣的責編為首，託了許多人的福才得以完成這部作品。

幫本書繪製了超級可愛、非常美麗且出色插圖的さばみぞれ老師。

在緊湊的截稿日當中接下了漫畫版的卷本梅実老師。

選中了這部作品並給予寶貴評論的各位電擊大賞評審委員們，

在繁忙的業務當中，為了本書耗費驚人勞力與時間的各位責編以及各位相關人士。

還有最重要的是購買了本書的各位讀者，

真的非常感謝大家。今後也請多多指教。

豬肝記得煮熟再吃 1 待續

作者：逆井卓馬　插畫：遠坂あさぎ

生吃豬肝結果變成豬!!!???
轉生成豬與美少女打情罵俏（!?）的奇幻故事

被純真美少女照顧的生活。嗯～當一隻豬也不壞嘛。但少女似乎背負著隨時會遭人殺害的危險宿命。很好，雖然不會魔法和任何技能，但就由我來拯救潔絲。同生共死的我們即將展開一場嘎嘎嘎的大冒險！

NT$220/HK$73

青梅竹馬絕對不會輸的戀愛喜劇 1 待續

作者：二丸修一　插畫：しぐれうい

我的青梅竹馬要用最棒的方式
幫我向初戀對象報仇？

我的青梅竹馬志田黑羽似乎喜歡我，不過，我第一個喜歡上的對象是美少女兼校園偶像，拿過芥見獎的高中在學女作家——可知白草！然而，聽說白草交到了男友，我的人生便急轉直下。黑羽對陷入失意的我耳語——既然這麼難過，要不要報仇？

NT$200/HK$67

你喜歡的不是女兒而是我!? 1 待續

作者：望公太　插畫：ぎうにう

單戀對象居然是青梅竹馬的媽!?
悖德（？）與純情交織的愛情喜劇，即將開演！

我，歌枕綾子，3×歲。升上高中的女兒最近和青梅竹馬的少年阿巧最近關係不錯……咦？阿巧有話要跟我說？哎呀討厭啦，和我的女兒論及交往好像太早──「……我一直很喜歡妳，請跟我交往。」咦？鄰家男孩迷戀的居然是我這個當媽的？不會吧！

NT$220/HK$73

小惡魔學妹纏上了被女友劈腿的我 1 待續

作者：御宮ゆう　插畫：えーる

第四屆KAKUYOMU網路小說大賽
戀愛喜劇類「特別賞」得獎作品！

聖誕節前夕被女友劈腿的我——羽瀨川悠太，遇見了穿著聖誕老人裝的美少女——志乃原真由。身為學妹的那傢伙，總是捉弄著正處情傷的我，卻又看不下去我自甘墮落的生活而做美味的料理給我吃——相近的距離教人心焦，有點成熟的青春戀愛喜劇登場！

NT$220/HK$73

14歲與插畫家
A fourteen and an illustrator.
作者 むらさきゆきや
插畫・企畫 溝口ケージ
5
Kadokawa Fantastic Novels

問題兒童的最終考驗 1~8 待續

作者：竜ノ湖太郎　插畫：ももこ

各自的紛亂時光☆問題兒童的過往追憶！
過去的追憶與宣告新篇的開始！

「問題兒童」一行成功戰勝了第二次太陽主權戰爭的第一戰——亞特蘭提斯大陸上的激鬥。像這種三人齊聚的平穩時間已經相隔三年——在這段期間中，眾人各自經歷了紛亂的日子。彼此交心的短暫休息時間過後，以箱庭的外界作為舞台的第二戰即將揭幕！

各 **NT$180~220/HK$55~75**

因為不是真正的夥伴而被逐出勇者隊伍，流落到邊境展開慢活人生 1~6 待續

作者：ざっぽん　插畫：やすも

危險逐漸逼近邊境都市佐爾丹！
即使周遭掀起騷亂，生活也絕對不會受到侵擾！

與神祕老嫗米絲托慕淵源匪淺的大國軍船及最強刺客襲來，佐爾丹面臨前所未有的危機；然而襲擊者們並不知道這個地方有一群世界最頂尖的勇者！雷德與露緹展現卓越的英雄能力，媞瑟對決系出同源的殺手，莉特更因為加護之力而獲得狼的感官能力！

各 **NT$200~220/HK$70~73**

史上最強大魔王轉生為村民A 1~5 待續

作者：下等妙人　插畫：水野早桜

亞德將與自己所留下的過往遺恨對峙！
「前魔王」的校園英雄奇幻劇第五集！

亞德與伊莉娜受到女王羅莎的召集，一同擔任女王的護衛參加五大國會議，造訪宗教國家美加特留姆。然而，他們遇見了過去位居魔王部下最高階的武人，當上教宗的前四天王之一——萊薩。他繼承「魔王」的遺志，企圖透過洗腦來達成世界和平……！

各 **NT$220~240/HK$73~80**

一房兩廳三人行 1 待續

作者：福山陽士　插畫：シソ

單身上班族奇妙的同居生活突然展開。
與兩名JK共譜溫馨的居家戀愛喜劇。

由於父親託付，單身上班族駒村必須暫時照顧過去關係疏遠的表妹——打扮時髦的女高中生奏音。為生活急遽改變傷腦筋的駒村在下班途中遇見了離家出走而無處可去的女高中生陽葵，沒想到她竟然也硬是住進了駒村家中——

NT$220/HK$73

國家圖書館出版品預行編目資料

聲優廣播的幕前幕後. 1, 夕陽與夜澄掩飾不了?/二月公作 ; 一杞譯. -- 初版. -- 臺北市 : 臺灣角川股份有限公司, 2021.06

面 ; 公分. -- (Kadokawa fantastic novels)

譯自 : 声優ラジオのウラオモテ. 1, 夕陽とやすみは隠しきれない?

ISBN 978-986-524-525-2(平裝)

861.596 110005962

Kadokawa
Fantastic
Novels

聲優廣播的幕前幕後 1

夕陽與夜澄掩飾不了？

（原著名：声優ラジオのウラオモテ #01 夕陽とやすみは隠しきれない?）

2021年6月23日 初版第1刷發行
2024年5月20日 初版第2刷發行

作　　者：二月公
插　　畫：さばみぞれ
譯　　者：一杞
發 行 人：台灣角川股份有限公司
總　　監：呂慧君
總 編 輯：蔡佩芬、朱哲成
主　　編：林秀儒
設計指導：陳晞叡
美術設計：吳佳昀
印　　務：李明修（主任）、張加恩（主任）、張凱棋、潘尚琪

發 行 所：台灣角川股份有限公司
地　　址：105台北市光復北路11巷44號5樓
電　　話：（02）2747-2433
傳　　真：（02）2747-2558
網　　址：http://www.kadokawa.com.tw
劃撥帳戶：台灣角川股份有限公司
劃撥帳號：19487412
法律顧問：有澤法律事務所
製　　版：巨茂科技印刷有限公司
ISBN：978-986-524-525-2

SEIYU RADIO NO URAOMOTE #01 YUHI TO YASUMI HA KAKUSHIKIRENAI ?

Edited by 電撃文庫
First published in Japan in 2020 by KADOKAWA CORPORATION, Tokyo.
Complex Chinese translation rights arranged with KADOKAWA CORPORATION, Tokyo.